Sachs

Meisterlieder, Spruchgedichte, Fastnachtsspiele

Hans Sachs im Alter von 80 Jahren
Gemälde von Andreas Herneisen, 1574

Hans Sachs

Meisterlieder Spruchgedichte Fastnachtsspiele

Auswahl

Eingeleitet und erläutert
von Hartmut Kugler

Philipp Reclam jun. Stuttgart

Universal-Bibliothek Nr. 18288

Gesamtherstellung: Reclam, Ditzingen. Printed in Germany 2003

ISBN 3-15-018288-3

www.reclam.de

Inhalt

Einleitung

Am 1.1.1567 macht Hans Sachs Inventur. Der 73-Jährige zählt und reimt zusammen, was er im Lauf seines Lebens alles gedichtet hat: 4275 Meisterlieder (V. 151 f.), *ungefehrlich* 1700 Spruchgedichte, 208 Dramen (V. 160 ff.: *frölicher comedi, trawriger tragedi* sowie anderer *kurtzweilger spil*, d. h. Fastnachtsspiele), 7 Prosadialoge (V. 196), 73 sonstige geistliche und weltliche Lieder. Das ergibt nach meiner Addition eine Gesamtzahl von 6263 Gedichten. Hans Sachs selbst hat die Summe mit 6170 angegeben (V. 214 f.). Das von Adelbert von Keller und Edmund Goetze erarbeitete Generalregister[1] erreicht ›nur‹ die Nummer 6169, obwohl darin 110 Gedichte aufgeführt sind, die erst nach Sachs' eigenem Summengedicht entstanden sind.[2] Mit einzelnen Zählfehlern und Textverlusten ist zu rechnen; in jedem Falle sind es über 6000 Gedichte, die Sachs mit Sicherheit verfasst hat. Denn fast alle sind von ihm eigenhändig in Foliobänden aufgeschrieben, auf den Tag genau datiert und namentlich gekennzeichnet.[3] Nach einer Hochrechnung gelange ich auf eine Gesamtzahl von etwa 200 000 Meisterliederversen, etwa 150 000 Spruchgedichtversen, etwa 100 000 Versen der Tragödien, Komödien und Fastnachtsspiele; macht summa summarum etwa 450 000

1 Hans Sachs, *Werke*, hrsg. von Adelbert von Keller und Edmund Goetze, Tübingen 1902, Bde. 25 und 26 (im Folgenden zit. als: KG). Der Text der *Summa* s. in dieser Ausgabe S. 19–28.

2 KG Bd. 25, Nr. 6060 vom 6. 1. 1567 bis Nr. 6169 vom 15. 5. 1573.

3 Die früheste überlieferte Datierung ist der 1. 9. 1513 (= KG Nr. 2), ein Meisterlied *Ach ungelüeck*, und zwar *ein puellied* im Hofton Brembergers. Sachs selbst übergeht, wahrscheinlich aus Gründen einer seriösen Selbstdarstellung, die frühen Buhllieder (KG Bd. 25, Nr. 1–23) und behauptet, sein erstes Gedicht sei ein Meisterlied zum Lobe Gottes gewesen (KG Nr. 25 *Gloria patri lob vnd er*, im Langen Ton Marners, datiert auf 1. 5. 1514; vgl. *Summa*, V. 51–58).

Verse.[4] Daraus ergibt sich eine durchschnittliche Jahresproduktion von mehr als 100 Gedichten mit etwa 7500 Versen;[5] macht im statistischen Mittel täglich ein Gedicht zu 20 Versen, winters wie sommers, werktags wie sonntags. Aber natürlich kann man so nicht rechnen. Sachs hatte Jahre und Jahreszeiten, in denen er viel, andere Jahre, in denen er wenig oder gar nicht dichtete. Seine poetische Wochenproduktion konnte, wenn er einmal im Schwung war, erstaunliche Ausmaße annehmen. Für die zwei Wochen vom 1. bis 14. März 1547 verzeichnet das Register 18 Meisterlieder,[6] in den acht Tagen vom 21. bis 28. April 1554 sind vier Meisterlieder, ein 18-teiliges Spruchgedicht, ein Fastnachtsspiel und eine *Tragedia mit 13 personen* abgeschlossen worden. Dabei ist die thematische Breite des Gedichteten bemerkenswert. Die Meisterlieder behandeln Stoffe aus der antiken Geschichtsschreibung (Livius, über Hannibal), aus dem Evangelium Matthaei sowie eine Tierposse *im Payerland.* Das Fastnachtsspiel demonstriert in 380 Versen, wie man *unheußliche weiber … heußlich* macht. Die *Tragedia* bietet in 1080 Versen *Die zerstörung der statt Troya … unnd hat 6 actus.*[7]

Die Zahlen und Daten sind nicht allein dazu da, Staunen und Bewunderung für den Poetenfleiß zu wecken. Der Umgang mit Zahlen und Proportionen gehört vielmehr wesentlich zur poetischen Kunstübung. In seinen Gedichten sind die Stoffe stets in Versproportionen auseinandergelegt, es sind ›Auslegungen‹ nach Maß und Zahl. Sachs hat sich und seiner Umgebung gewiss auch deshalb buchhalterisch genau Rechenschaft abgelegt über seine

4 4285 Meisterlieder mit durchschnittlicher Liedlänge von 50 Versen; etwa 1800 Spruchgedichte mit durchschnittlich 90 Versen; 145 Tragödien und Komödien mit etwa 600 Versen; 85 Fastnachtsspiele mit etwa 300 Versen.

5 Gerechnet sind die 60 Jahre seiner ›aktiven‹ Zeit als Poet, 1513–1573. Das Rechenspiel s. Hartmut Kugler, *Meisterliederdichtung*, S. 541.

6 KG Nr. 2236–2253.

7 KG Nr. 4318–4323.

Tätigkeit, weil er stolz war auf seine dichterische Produktion und weil er – bei der allgegenwärtigen Zensurbereitschaft des Nürnberger Rates – gegen falsche Zuschreibungen gewappnet sein wollte.[8] Doch hat die Rechenlegung über ihre Ordnungs- und Kontrollfunktion hinaus auch eine moralische Komponente, sie ist verschwistert mit dem »Rechenschaft ablegen« im übertragenen Sinn: Rechenschaft vor Gott und den Menschen; Signalwort dessen, was später »protestantische Arbeitsethik« genannt werden wird.

Es ist freilich zweifelhaft, ob Sachs selbst seine poetische Produktion als »Arbeit« definiert hätte. Seine eigentliche Berufsarbeit hatte in seiner Schusterwerkstatt ihren Platz. Weil Nachrichten über Sachs' Schusterwerkstatt fehlen, können wir nicht wissen, ob und wie in seiner Lebensgestaltung Versemacher- und Schuhmacherfleiß einander abwechselten oder ergänzten. Als er 82-jährig (am 21.1.1576) stirbt, stellt der Eintrag im Nürnberger Totenregister St. Sebald den Rang des Poeten deutlich vor den des Handwerkers: *Hans Sachß, teutscher poet, geweßner schumacher im spittlgeßlein.*[9]

Biografische Skizze

Hans Sachs (5. 11. 1494 – 19. 1. 1576), Schuhmacher, Meistersinger, Spruch- und Dramendichter, ist in Nürnberg geboren und gestorben und war, eine vierjährige Wanderzeit 1511–1516 ausgenommen, immer dort ansässig. Er war

8 Siehe die endlose Kette von Kontrollmaßnahmen des Rates, zusammengestellt von Gerhard Hirschmann, »Archivalische Quellen zu Hans Sachs«, in: *Hans Sachs und Nürnberg*, hrsg. von Horst Brunner, Gerhard Hirschmann, Fritz Schnelbögl, Nürnberg 1976, S. 14–54.

9 Landeskirchliches Archiv Nürnberg, Totenregister St. Sebald Nr. 34b, Bl. 91^v it. Nach Gerhard Hirschmann, »Archivalische Quellen zu Hans Sachs«, in: *Hans Sachs und Nürnberg* (wie Anm. 8), S. 14–54, hier S. 21.

der Sohn eines aus Sachsen eingewanderten Schneiders; der Herkunfts- wurde zum Familiennamen: Sachs. Nachdem der Junge eine achtjährige Lateinschulzeit, eine zweijährige Schusterlehre und die Gesellenwanderjahre absolviert hatte, machte er in Nürnberg die Meisterprüfung, heiratete 1519, erhielt von seinen Eltern als *heirathsgut* deren Haus in der Kotgasse überschrieben und führte fortan als Handwerksmeister, Hausbesitzer und Vollbürger das Leben eines angesehenen Stadtbürgers. In seiner ersten Ehe mit Kunigunde Kreutzer hatte er 7 Kinder, die alle vor ihm starben. Anderthalb Jahre nach dem Tod der Frau (1560) heiratete er, 66-jährig, die 27-jährige Witwe Barbara Harscher, die ihrerseits 6 Kinder in die Ehe mitbrachte.

Das Dichten, in Sachs' erster Lebenshälfte eine intensive Nebenbeschäftigung, wurde ihm mit zunehmendem Alter und wachsender Reputation zur Profession. Sachs brachte es als erster deutschsprachiger Dichter zu einer (von ihm selbst initiierten) gedruckten »Gesamtausgabe« seiner Werke.

Literarhistorische Bedeutung hat Sachs als Hauptgestalt des stadtbürgerlichen Meistergesangs sowie als Verfasser von Bühnenstücken (Fastnachtsspielen, Tragödien und Komödien). Zu Lebzeiten machten ihn überdies seine Spruchgedichte über brennende Zeitfragen, besonders über die Reformation, populär. Er ist der Großmeister des vierhebig paarreimigen Knittelverses, den er nicht erfunden, aber zu überragender Geltung gebracht hat. Der Sachs'sche Knittelvers, dessen »leichten Rhythmus« und »sich bequem anbietenden Reim« Goethe rühmte und nachahmte, beherrscht die Gelegenheitsdichtung (Geburts- oder Hochzeitsgedichte, Büttenreden etc.) bis in unsere Tage.

Als im Lauf des 19. Jh.s die »deutsche Nationalliteratur« zu einem Gegenstand der Geschichtsschreibung herausgeformt wird, räumen viele Literarhistoriker Sachs eine wichtige Rolle ein. Er gilt als Leitfigur des selbstbewusst gebildeten städtischen Handwerkerstandes. Richard Wagners Oper *Die Meistersinger von Nürnberg* tat das ihre dazu. In para-sachsscher Manier reimte Wagner: »Was deutsch und recht, wüßt keiner mehr, / lebt's nicht in deutscher Meister Ehr!« – die Summenformel eines aggressiv introvertierten Künstlerstolzes und zugleich Nationalbewusstseins. Das Jubiläumsjahr 1894 erlebte mit den Feiern des 400. Geburtstags den absoluten Höhepunkt der Sachs-Verehrung und Sachs-Forschung. Hundert Jahre später ist davon wenig geblieben; das 500-jährige Jubiläum 1994 ging wenig beachtet vorüber. In seiner Heimatstadt Nürnberg war das publikumswirksamste Spektakel eine Ausstellung mit dem Motto: »Hans Sachs war ein Schuh« – viele Dutzend dekorativ drapierte Schuhe gab es da zu besichtigen. Den meisten Ausstellungsbesuchern wird kaum klar gewesen sein, dass das Ausstellungs-Motto einen Spottvers aus dem 17. Jh. zitierte: »Hans Sachs war ein Schuh- / Macher und Poet dazu« – dieser ungeschickte Reim hatte die Reimereien von Meistersingern, Pritschmeistern und anderen Gelegenheitsdichtern lächerlich machen sollen, mit denen Hans Sachs kurzerhand in einen Topf geworfen wurde. Dort gehört er aber nicht hin.

Es ist an der Zeit, dass andere Parameter in den Vordergrund rücken als altdeutsche Nationalkultur und postmodernes Naserümpfen. Das poetische Werk des Hans Sachs hat Epoche gemacht, weil es wie kaum ein anderes die Mittel und Möglichkeiten der Volkssprache seiner Zeit ausgeschöpft hat. Das Œuvre hält in farbiger Vielfalt fest, wie die drei großen Innovationen des 16. Jh.s, Buchdruck, Reformation und Humanismus, im Verständnishorizont des ›gemeinen Mannes‹ Gestalt gewonnen haben. In Nürnberg, zu Sachs' Lebzeiten unbestritten die kulturelle Metropole des Reiches, sind diese Innovationen besonders deutlich zum Tragen gekommen.

Buchdruck

Der Buchdruck hat Mündlichkeit und Schriftlichkeit in ein neues Konkurrenzverhältnis zueinander gebracht, und Sachs nutzt dieses Konkurrenzverhältnis offensiv. Er besteht auf der Verbindlichkeit der Schriftform seiner Texte, führt über seine gesamte poetische Produktion sorgfältig Buch, datiert und autorisiert alle Stücke peinlich genau. Er bedient sich früh und erfolgreich der neuen Form der »Massendrucksachen« (Flugschriften, Einblattdrucke). In ihrer Machart sind seine Gedichte kunsttechnischen Innovationen benachbart, sie erproben Techniken der Standardisierung, der Rationalisierung, der Serienfertigung. Zugleich besteht Sachs aber auf der mündlichen Darbietung und befördert sie: die Meisterliedertexte (über 4000) sind stets an Melodien (*Töne*) gebunden, sind zum Vortrag bestimmt und dürfen nicht gedruckt werden. Seine Fastnachtsspiele und Dramen wollen aufgeführt sein, und Sachs hat viel Energie darauf gewendet, bei der städtischen Obrigkeit eine Ausweitung der Spielkonzession über den engen Rahmen der Fastnachtszeit hinaus in Richtung eines ›stehenden Theaters‹ zu erreichen (Näheres s. S. 84, zu den Fastnachtsspielen).

Reformation

Die Lutherische Reformation fand in Sachs einen ihrer großen Popularisierer. Seine *Wittenbergisch Nachtigall*, 1523 zunächst als Meisterlied konzipiert, dann als umfangreiches Spruchgedicht in den Druck gegeben, feiert in allegorischer Einkleidung den Sieg des Reformators über die Feinde des Evangeliums. Die Flugschrift findet rasch weite Verbreitung und macht ihren Autor berühmt. Es folgen vier so genannte Reformationsdialoge in Prosa (1524), ebenfalls als Flugschriften, darunter die *Disputati-*

on zwischen einem Chorherren und Schuhmacher. Diese Dialoge gehören zu den besten deutschsprachigen Prosastücken des 16. Jh.s. Im Übrigen aber bleibt Sachs der Reimform treu. Antipäpstliche Pamphlete tragen ihm ein dreijähriges Druckverbot ein (1527), weil der Nürnberger Rat diplomatische Verwicklungen mit dem Kaiser fürchtet. Im Lauf der Zeit hat Sachs nahezu die gesamte Lutherbibel, Altes wie Neues Testament, in Meisterlieder oder Spruchgedichte umgesetzt. Seine Bibelversifikationen zeigen, dass er, anders als viele vorreformatorische Meistersinger und Spruchdichter, wenig Interesse an theologischen Spekulationen hat. Ihm kommt es mehr auf anschaulich erzählte exemplarische Verhaltensmuster und Lebenslehre an. Sie zielen auf eine Gemeindefrömmigkeit zum Erhalt des »gemeinen Nutz« und des »guten Friedens« in der Stadt. Auf die ›Moral‹, die jeweils am Ende ausformuliert ist, lassen sich die Gedichte aber nicht reduzieren. Die Texte haben oft einen poetischen Reiz, der sich erst beim genauen Lesen erschließt.

Reformierte Glaubenslehre bringt Sachs auch durchaus innovativ auf die Bühne. Im Spiel von den »ungleichen Kindern Evä« lässt er Gottvater höchstselbst im Gewand eines Pastors auftreten und die beiden Knaben Kain und Abel den Lutherischen Katechismus abfragen. Wie man sich denken kann, weiß der brave Abel alles, der unartige Kain weiß nichts.

Sein unerschütterliches Eintreten für die friedliche Austragung sozialer und konfessioneller Konflikte macht ihn zu einem profilierten Vertreter der »städtischen Reformation« mit durchaus eigenständig laientheologischen Ansichten.

Humanismus

Die humanistischen Übersetzer des 15./16. Jh.s. fanden in Sachs einen dankbaren und produktiven Abnehmer. Plinius, Plutarch, Seneca, Herodot, Diodor, Herodian, Livius, Sueton, Justin, Aristophanes, Plautus, Terenz, Homer, Ovid, Apuleius, Äsop und Ps.-Äsop, Avian, Dares und Diktys (*Troja*-Roman), *Alexander*-Roman und *Apollonius*-Roman – die Bücherliste der von Sachs verwerteten Übersetzungen ist lang. Ob er gelegentlich auf einen lateinischen Originaltext zurückgegriffen hat, ist unsicher. Seine Bearbeitungen beanspruchen keine philologische Quellentreue, sie wollen im vorgegebenen Stoff die für wesentlich gehaltenen Grundstrukturen hervortreten lassen. Aus den Vorlagen wird abstrahiert, sie werden gekürzt, neu arrangiert und inszeniert. Sie sind der Kunst der Inhaltsangabe und der Zusammenfassung verwandt. Sachs scheint den Fundus der literarischen Überlieferung unentwegt nach einprägsamen Geschichten, Bildern und Mustern abzusuchen, nach Mustern, die eine Horizonterweiterung der engen stadtbürgerlichen Alltäglichkeit bezwecken, mit der Absicht einer moralischen, aber auch einer ästhetischen Bildung.

Mit ähnlicher Intensität wie die antike Literatur hat Sachs auch die Überlieferung des einheimischen Mittelalters verarbeitet. Mittelhochdeutsche Großepik eignete er sich über frühneuhochdeutsche gedruckte Prosafassungen an, Kleinepik aus gedruckten Schwanksammlungen, vielleicht auch aus handschriftlicher Überlieferung. Viele schwankhafte Erzählungen nach Art der mhd. »Mären« verarbeitete er in Spruchgedichten oder Fastnachtsspielen, die in der Regel nur um die 300 Verse lang waren. Die großen Stoffe wie *Tristrant*, die *Nibelungen* oder die *zerstörung der statt Troya* erhielten den Status von Tragödien (*Tragedi*), bei glücklichem Ausgang von Komödien (*Comedi*) und brauchten jeweils mehr als 1000 Verse.

Seinem Selbstverständnis nach stand Sachs in der Tradition der mittelalterlichen ›Meister‹ der Spruchdichtung (Walther von der Vogelweide, Frauenlob, Heinrich von Mügeln usw.) Seine poetische Praxis geht weit darüber hinaus. Die Geschichte der deutschen Bühnenliteratur muss ihn zu ihren Gründervätern rechnen. Sein Gesamtwerk manifestiert einen neuen Anspruch auf die Mündigkeit des Laien; des Laien, der mit den theologisch gebildeten Instanzen der Kirche ebenso auf gleicher Augenhöhe reden will und kann wie mit den weltlichen Instanzen der lateinischen gelehrten Welt. Er ist durchdrungen vom pädagogischen Optimismus des 16. Jh.s, ist überzeugt davon, dass Bildung ein Bürgerrecht sei und Kunst den Menschen veredle und die Welt verbessere; zumindest die Welt der Stadt.

Dieses Bändchen tritt die Nachfolge der von Eugen Geiger erstmals im Jahr 1951 vorgelegten Textsammlung an. Geigers Auswahl hat sich über ihre lange Laufzeit von einem halben Jahrhundert eine fast kanonische Geltung erworben. Die meisten Stücke sind deshalb auch in der neuen Sammlung zu finden. Der moderat erweiterte Umfang erlaubte es, ein paar zusätzliche Texte aufzunehmen, die für Sachs' Werk, wie wir es heute sehen, besonders bezeichnend sind.

Winfried Neumann, Birgit Grasser und Gabriele Asham danke ich für ihre fach- und sachkundige Hilfe.

Erlangen, im Juli 2002 *Hartmut Kugler*

Zur Textgestalt

Die Orthographie der einzelnen Stücke differiert leicht, entsprechend den Ausgaben, aus denen sie entnommen sind: aus Kellers/Goetzes Ausgabe der *Werke* (KG), aus Goetzes Ausgabe *Sämtliche Fastnachtsspiele*, aus Goetzes/Dreschers Sammlung *Sämtliche Fabeln und Schwänke*. Die textkritischen Probleme dieser Ausgaben lassen sich im Rahmen der hier zusammengestellten Auswahl nicht lösen. Keller/Goetze schlossen an die von Sachs selbst initiierte Folioausgabe an, deren ›Druckersprache‹ von den Schreibgewohnheiten des Autors bereits abwich. Goetze versuchte, die Orthographie dem Ideal des vierhebigen und regelmäßig alternierenden Verses textkritisch anzupassen, und wich zu dem Zweck von den erheblich freieren Schreibgewohnheiten des Autors ab. Die originale Schreibweise des Autors zeigt der Abdruck des Meisterliedes *Die verprent stat sagintum.* – Die detaillierten bibliographischen Angaben befinden sich jeweils im Vorspann zu den einzelnen Texten.

Lesehilfen:

Allen Texten sind Worterklärungen beigefügt. Einige Eigenheiten der Orthographie, die ständig vorkommen und deshalb ›vor Ort‹ nicht erklärt werden können, seien hier vorweg zusammengestellt:

Personalpronomen werden oft verkürzt an das zugehörige Verb angehängt (Beispiele: *soltens* ›sollten sie‹, *weils* ›weil es‹, *hastu* ›hast du‹).

p- steht oft auch für *b-* (Beispiele: *pawr* ›Bauer‹; *pot* ›Bote‹).

-w steht oft auch für *-u* (Beispiele: *dw* ›du‹; *ewr* ›euer‹).

in, *im* kann je nach Kontext für die Präposition ›in, im‹ oder für das Personalpronomen ›ihn, ihm, ihnen‹ stehen.

on heißt meist ›ohn(e)‹, seltener ›an‹.

Spezialwörterbuch:

Alfred Goetze, *Frühneuhochdeutsches Glossar*, Berlin 1926, 12. Aufl. 1988.

Hans Sachs 1567: Summa all meiner Gedichte

Sachs nimmt den 1. Januar zum Anlass einer Inventur, einer internen Buchprüfung, wie sie bis heute in vielen Geschäften üblich ist. Das Gedicht weitet sich zu einem Lebensrückblick aus. Sachs ist jetzt 73 Jahre alt und meint, der Welt und der Dichtkunst demnächst Lebewohl sagen zu müssen (vgl. *mein valete* V. 242). In der voraufgehenden Zeit war er damit beschäftigt, ein handschriftliches Generalregister anzulegen (*Das handschriftliche Generalregister des Hans Sachs*, hrsg. von Reinhard Hahn, Köln 1986) und seine für den Druck bestimmten Gedichte – also nicht die Meisterlieder – in einer Gesamtausgabe zusammenzustellen (vgl. V. 186–194). – Der Abdruck folgt KG 2, 337–344.

Summa all meiner gedicht
vom MDXIIII jar an biß ins 1567 jar.

Als man zelt viertzehundert jar
Und vier-und-neuntzig jar fürwar
Nach deß herren Christi geburt,
Ich, Hans Sachs, gleich geboren wurd
Novembris an dem fünfften tag,
Daran man mich zu tauffen pflag,
Eben geleich grad in dem herben,
Grausam- und erschröcklichen sterben,
Regiret in Nürnberg, der statt.
Den brechen auch mein mutter hatt
Und darzu auch der vatter mein,
Gott aber verschont mein allein.

---

8 *sterben:* der oder die sterbe: Seuche.
10 *brechen:* der breche: Gebrechen, Seuche. – Die Eltern überlebten die Krankheit.

Siben-järig darnach anfieng,
In die lateinisch schule gieng;
Darinn lert ich puerilia,
Grammatica und musica
Nach ringem brauch derselben zeit;
Solchs alls ist mir vergessen seit.
Neunjärig aber dreissig tag
Ich an dem heissen fiber lag.
Nach dem ich von der schule kam
Fünfftzehjärig und mich annam,
Thet der schuhmacher handwerck lehrn,
Mit der handarbeit mich zu nehrn;
Daran da leret ich zwey jar.
Als mein lehrzeit vollendet war,
Thet ich meinem handwerck nach wandern
Von einer statte zu der andern,
Erstlich gen Regnspurg und Braunaw,
Gen Saltzburg, Hall und gen Passaw,
Gen Wels, Münichen und Landshut,
Gen Oeting und Burgkhausen gut,
Gen Würtzburg und Franckfurt, hernach
Gen Coblentz, Cölen und gen Ach;
Arbeit also das handwerck mein
In Bayern, Francken und am Rein.
Fünff gantze jar ich wandern thet
In dise und vil andre stätt.
Spil, trunckenheit und bulerey
Und ander kurzweil mancherley

---

15 *puerilia:* dem Knabenalter Entsprechendes.
17 *ringem:* ring: leicht, gering.
22 *mich annam:* sich annemen: sich abgeben mit.
30 *Hall:* Reichenhall. – Die Reiserouten der Wanderzeit sind detailliert ausgeforscht in Friedrich Windolph, *Der Reiseweg Hans Sachsens in seiner Handwerksburschenzeit nach seinen eigenen Dichtungen*, Greifswald 1911.

Ich mich in meiner wanderschafft
Entschlug und war allein behafft
Mit hertzenlicher lieb und gunst
Zu meistergsang, der löbling kunst,
Für all kurtzweil thet mich auffwecken.
Ich het von Lienhardt Nunnenbecken
Erstlich der kunst einen anfang;
Wo ich im land hört meistergsang,
Da leret ich in schneller eil
Der bar und thön ein grossen teil,
Und als ich meines alters war
Fast eben im zweintzigsten jar,
Thet ich mich erstlich unterstahn
Mit gottes hülff zu dichten an
Das bar in dem langen Marner:
Gloria patri lob und ehr,
Zu Münnichen, als man zelt zwar
Fünfftzehundert-viertzehen jar,
Halff auch daselb die schul verwalten,
Thet darnach auch selber schul halten
In den stätten, wo ich hin-kam,
Hielt die erst zu Franckfurt mit nam,
Und nach zwey jarn zog ich mit glück
Gen Nürnberg, macht mein meisterstück.
Nach dem ward mir vermähelt drinn
Mein gmahel Küngund Creutzerin,
Geleich an sanct Egidi tag,
Am neundten tag der hochzeit pflag,

---

50 *bar:* Meisterlied, in der Regel aus drei Strophen (*gesätzen*) bestehend. – *thön:* Ton: Versbau und Melodie, nach dem Namen des Verfassers genannt. – Weiteres s. S. 29 im Vorspann zur Abteilung der Meisterlieder.

59 *Halff … verwalten:* Organisieren einer öffentlichen Singschulveranstaltung der Meistersinger.

68 *Am neundten … pflag:* Schlussfeier der Hochzeit am neunten Tag, dem 1. September (St.-Egidien-Tag).

Als man gleich fünfftzehundert jar
Und neuntzehen jar zelen war;
Welche mir gebar siben kind,
Die all mit dot verschiden sind.
Und als man fünfftzehundert jar
Und auch sechtzig jar zelen war,
Am sechtzehendn tag Marci im frid
Mein erster gemahel verschid.
Als man zelt ein-und-sechtzig jar,
Am zwölfften Augusti fürwar
Wurd mir wider verheyrat da
Mein andre gmahel Barbara
Harscherin, und am erichtag
Nach sanct Egidien, ich sag,
War mein hochzeit fein schlecht und still;
Mit der leb ich, so lang gott will.
Als man aber zelet fürwar
Geleich fünfftzehen-hundert jar
Und siben-und-sechtzig ich sag,
Januarij am ersten tag,
Meine gedicht, sprüch und gesang,
Die ich het dicht vor jaren lang, –
Da inventirt ich meine bücher,
Ward gar ein fleissiger durchsücher
Der meistergsang-bücher zu-mal,
Der warn sechtzehne an der zal;
Aber der sprüchbücher der was
Sibenzehne, die ich durchlaß;
Das achtzehend wart angefangen,
Doch noch nit vollendt mit verlangen.
Da ich meine gedichte fand
Alle geschriben mit eigner hand,

81 *erichtag:* Dienstag.
83 *schlecht:* schlicht, einfach.
91 *inventirt:* inventieren: Bestandsaufnahme machen.

Die vier-und-dreißg bücher mit nam,
Darinnen summirt ich zusamm
Erstlich die meistergsang fürwar
Der von mir sind gedichtet bar
In disen drey-und-fünfftzig jarn,
Darinn vil schrifftlicher bar warn
Auß alt- und newem testament,
Auß den büchern Mose vollendt,
Auß den figurn, prophetn und gsetz,
Richter, könig-büchern, zu-letz
Den gantzen psalter in der sumb,
Der bücher Machabeorum,
Und der sprüch Salomo hernach,
Und auß dem buch Jesus Syrach,
Epistl und evangelion,
Auch auß apocalypsis schon,
Auß den ich allen vil gedicht
In meistergsang hab zugericht
Mit kurtzer glos und ir außlegung
Auß guter christlicher bewegung,
Einfeltig nach meinem verstand,
Mit gottes hülff nun weit erkandt
In teutschem land, bey jung und alten,
Darmit vil singschul werdn gehalten
Zu gottes rhum, lob, preis und glori;
Auch vil warhafft weltlich histori,

---

101 *mit nam:* nämlich, namentlich.
104 *bar:* offenbar, sichtbar.
106 *schrifftlicher:* aus der Heiligen Schrift.
109 *figurn:* Nach mittelalterlicher Bibelexegese sind »Figuren« Ereignisse und Personen des AT, die auf Christus und das NT vorausdeuten. Hier gemeint: das Buch *Weisheit Salomonis.*
119 *glos:* Glosse, Übersetzung, Erklärung.
120 *bewegung:* Erwägung.
122 *erkandt:* bekannt, berühmt.

Darinn das lob der gutn erhaben
Und der argen lob tief vergraben,
Auß den gschichtschreibern zugericht;
Auch mancherley artlich gedicht,
Auß den weisen philosophi,
Darinn ist angezeiget, wie
Hoch die tugend zu loben sey
Bey menschling gschlecht, und auch darbey,
Wie schendlich sein die groben laster,
Alles unglückes ein ziehpflaster;
Dergleich vil poetischer fabel,
Welche samb in einer parabel
Mit verborgen, verblümten worten
Künstlich vermelden an den orten,
Wie gar hochlöblich sey die tugend
Beide bey alter und der jugend,
Dergleich, wie laster sind so schendlich;
Darnach sind auch begriffen endlich
Schulkünst, straffler, loica, renck,
Auch mancherley kurtzweilig schwenck,
Zu frölichkeit den trawring kommen,
Doch alle unzucht außgenommen.
In einer summa diser bar
Der meistergesang aller war
Eben gleich zwey-und-viertzig-hundert
Und fünff-und-sibntzig außgesundert,
Waren gsetzt in zwey-hundert schönen
Und fünff-und-sibntzig meisterthönen;
Darunter warn dreyzehen mein.
Sollichs war alls geschriben ein

---

127 *erhaben:* erhoben.
138 *samb:* sam: so, so wie, eben wie.
145 *Schulkünst:* Programmlieder der Meisterkunst. – *straffler:* Scheltlieder. – *loica:* Logika.

In der sechtzeh gsangbücher sumb.
Die achtzehen sprüchbücher numb
Ich auch her in die hende mein;
Drinn durchsucht die gedicht allein,
Da fund ich frölicher comedi
Und dergleich trawriger tragedi,
Auch kurtzweiliger spil gesundert,
Gerade acht und auch zwey-hundert,
Der man den meisten teil auch hat
Gespilt in Nürenberg, der statt,
Auch andern stätten, ferr und weit,
Nach den man schicket meiner zeit.
Nach dem fand ich darinnen frey
Geistlich und weltlich mancherley
Gesprech und sprüch von lob der tugend
Und guten sitten für die jugend,
Auch höflicher sprüch mancherley
Auß der verblümtn poeterey,
Und auch von manchen weisen heiden,
Von der natur artlich, bescheiden,
Auch mancherley fabel und schwenck,
Lächerlich possen, seltzam renck,
Doch nit zu grob noch unverschemt,
Darob man freud und kurtzweil nemt,
Und doch das gut darbey versteh
Und alles argen müssig geh.
Diser gedicht ich allersand
Tausend-und-siben-hundert fand;
Doch ungefehrlich ist die zal.
Auß den gedichten uberal

---

158 *numb:* nahm.
174 *verblümtn poeterey:* geblümten, hohen Poesie.
176 *artlich:* gewandt. – bescheiden: verständlich, klug.
180 *nemt:* nimmt.
185 *ungefehrlich:* ungefähr.

Vor drey bücher außgangen sind
Im druck, darinnen man der find
Acht-und-achtzg stück und siben-hundert,
Darob sich mannich mann verwundert,
Auch ist das vierdt buch pstelt zu drucken,
Helt in bey fünfthalb hundert stucken,
Auch sprüchweiß all meiner gedicht
Wird in kurz kommen an das liecht.
Auch fand ich in mein büchern gschriben
Artlicher dialogos siben,
Doch ungereimet in der pros,
Ganz deutlich frey, on alle glos.
Nach dem fand ich auch in der meng
Psalmen und ander kirchengsäng,
Auch verendert geistliche lieder,
Auch gassenhawer hin und wider,
Auch lieder von krieges-geschrey,
Auch etlich bullieder darbey,
Der allersammen ich vernum
Drey-und-sibentzig in der sumb,
In thönen schlecht und gar gemein;
Der thön sechtzehn mein eigen sein.
Als ich mein werck het inventirt,
Mit grossem fleiß zusamm summirt
Auß den sprüchbüchern umb und umb,
Da kam mir summa summarum
Von gsang und sprüchen ausgesundert –
Sechs-tausent darzu ain-hundert
Und sibenzig stüeck an der zal
Auß allen büchern uberall

187 *drey bücher:* Der 1. Band erschien 1558 bei Christoph Heußler in Nürnberg, der 2. 1560, der 3. 1561, der 4. 1578, der 5. 1579. 1612–16 kam in Kempten eine andere Ausgabe heraus.

204 *bullieder:* Liebeslieder.

205 *ich vernum:* ich nahm wahr.

On der, so waren kurtz und klein,
Der ich nit het geschriben ein.
Aber hie anzeigte gedicht
Die sind alle dahin gericht,
So vil mir außweist mein memori,
Zu gottes preis, rhum, lob und glori,
Und daß sein wort werd außgebreit
Bey christlicher gmein ferr und weit,
Gesangweiß und gereimten worten,
Und im Teutschland an allen orten
Bey alter und auch bey der jugend
Das lob aller sitten und tugend
Werd hoch gepreiset und perhümt,
Dargegen veracht und verdümt
Die schendlichen und groben laster,
Die alls ubels sind ein ziehpflaster,
Wie mir das auch nach meinem leben
Mein gedicht werden zeugnuß geben;
Wann die gantz sumb meiner gedicht
Hab ich zu eim bschluß zugericht
Im leczten alter, als ich war
Gleich alt ain-und-sibentzig jar,
Sechs monat, weniger fünf tag,
Darbey man wol abnemen mag,
Daß der spruch von gedichten mein
Gar wol mag mein valete sein,
Weil mich das alter hart vexirt,
Mich druckt, beschwert und carcerirt,
Daß ich zu rhu mich billich setz
Und meine gedicht laß zu-letz
Dem guthertzig gemeinen mann,
Mit gotts hülff sich besser darvon.

---

225 *und gereimten:* und mit gereimten.

240–242 *Darbey … valete sein:* Hans Sachs lebte noch neun Jahre. Aus seinen letzten drei Lebensjahren ist kein Gedicht mehr überliefert.

Gott sey lob, der mir sendt herab
So miltiglich die schönen gab
Als einem ungelehrten mann,
Der weder latein noch griechisch kan,
Das mein gedicht grün, blü und wachs
Und vil frücht bring, das wünscht Hans Sachs.

Anno salutis 1567, am 1 tage Januarj.

---

253 *gedicht:* Schriftwerk, Dichtung.

253–254 *Das mein gedicht ... Hans Sachs:* Die Gewohnheit, ein Gedicht mit einem Beglaubigungsreim abzuschließen, hat Sachs von der älteren Spruchdichtung übernommen. Die Namensnennung sollte wohl auch gegen falsche Zuschreibungen schützen.

MEISTERLIEDER

Die Meisterlieder des 16. Jahrhunderts bestehen in aller Regel aus drei Strophen. Die Strophen haben die dreiteilige Kanzonenform: AAB, das heißt, auf zwei gleichgebaute Stollen folgt der Abgesang. Das metrische Schema ist mit einer bestimmten Melodie verknüpft, beides zusammen nannte man ›Ton‹ oder ›Weise‹. Wer eine neue Weise verfasst hatte, gab ihr einen möglichst unverwechselbaren Namen und setzte seinen eigenen Namen hinzu. Die Weisen waren somit als geistiges Eigentum der einzelnen Singer markiert, sie konnten aber von anderen Singern verwendet und auch mit anderen Texten versehen werden.

Alle Meisterlieder waren prinzipiell nur zum internen Gebrauch der Meistersingergesellschaften und zum Vortrag bei den so genannten Singschulen gedacht und durften nicht im Druck veröffentlicht werden. Wollte ein Meistersinger bei einer Singschule, einem öffentlichen Wettsingen, auftreten, so hatte er vorher den »Merkern«, einer vierköpfigen Jury, die Weise zu nennen, in der er vortragen wollte. Anhand von Kontrollzetteln überprüften die Merker dann während des Vortrags, ob die Melodie, die Reimbindungen und die Silbenzahlen der dargebotenen Weise exakt erfüllt waren. Jede Abweichung brachte Strafpunkte ein. Neben der formalen Richtigkeit wurden die sprachliche Korrektheit und der Inhalt bewertet. Wer eine *falsch Meinung*, also Anstößiges, vortrug, hatte *gar vertan* und wurde disqualifiziert. Dieser Strafartikel mahnte bei politischen und bei religiösen Themen zur Vorsicht. Die Nürnberger Meistersinger waren dem lutherischen Schriftverständnis verpflichtet und achteten darauf, dass sich keine papistischen oder täuferischen ›Irrtümer‹ einschlichen.

Bei den öffentlichen Festschulen am Sonntag waren nur geistliche Themen zugelassen. Bei den anderen öffentlichen Haupt- und Freisingen konnten weltliche Themen vorgegeben werden. Schwanklieder waren überwiegend in die internen ›Zechsingen‹ verwiesen. Die Zahl der Wettsinger schwankte pro Veranstaltung zwischen etwa 5 und 10. Auswärtige Gastsinger, in der Regel wandernde Handwerksgesellen, waren willkommen. Hans Sachs selbst hatte seinen ersten Auftritt während seiner Wanderjahre in München (s. S. 21, *Summa* V. 56–58). Wer beim Wettsingen die wenigsten Fehler machte, hatte gewonnen. Der Gewinner erhielt den »David«, eine Kette, an der ein Bild des altestamentlichen Königs David hing. Er galt als Erzvater des Meistergesangs. Zwar war David meist mit einer Harfe in der Hand abgebildet, doch den Singern blieb instrumentale Begleitung untersagt. Neben dem 1. Preis konnten Geld- oder Sachpreise vergeben werden, wenn sich Sponsoren dafür gefunden hatten.

Für Hans Sachs hatte das Meisterliederdichten nicht selten die Funktion eines Versuchslabors, in dem er neue Themen und Gegenstände ausprobierte. Zwei Beispiele: Die Motive und Grundgedanken seiner berühmten Flugschrift *Wittenbergisch Nachtigall* (1524) hatte er in einem Meisterlied (*Das walt Got*, 1523) vorgeprobt. Auch die Grundstruktur seines großen »Lobspruchs der Stadt Nürnberg«, mit dem er 1530 beim Stadtrat die Aufhebung eines Publikationsverbots erreichte, hatte er vorher in zwei Meisterliedern (*traum* und *aufschlus des traums*, 1527) vorgeformt. Viele Stoffe hat er mehrfach bearbeitet, zuerst als Meisterlied und damit dem exklusiven Zirkel der Meistersinger vorbehalten, danach als Spruchgedicht, das sich im Druck an ein größeres Publikum weitergeben ließ, manchmal auch als Drama oder Fastnachtsspiel für das breitere städtische Publikum; vgl. dazu unten das Lied vom *kelberprüten*.

Die Schlange im Paradies

Das Lied steht exemplarisch für die mehreren Tausend Bibelversifikationen des Autors. Sachs verarbeitet hier 1. Mose 3, 1–6, den Sündenfall. Er hat einen zum Thema passenden Ton gewählt, die (für einen nicht erhaltenen Text komponierte) »Schlangenweis« seines Nürnberger Meistersingerkollegen Sebastian Hilprant. Metrisches Schema und Melodie der »Schlangenweis« versuchen den Eindruck von etwas langgestreckt Geschlängeltem zu vermitteln. Auch im Höreindruck schlängelt sich der Ton: »Die Melodie geht in beinahe gleichmäßiger Bewegung auf und ab« (Johannes Rettelbach, *Variation – Derivation – Imitation. Untersuchungen zu den Tönen der Sangspruchdichter und Meistersinger*, Tübingen 1993, S. 335). Die Melodie ist überliefert in der Handschrift der Nürnberger Stadtbibliothek, Will III 792, Bl. 56^{v}. – Der Text steht in der von Sachs geschriebenen Handschrift Zwickau MG 15, Bl. 34^{r}–35^{r}. Weitere Abschriften: Dresden M 190, Bl. 121^{r}–122^{r} (Valentin Wildenhauer); Breslau Fol 88b/4, S. 894–896 (Wolff Bautner); Augsburg UB III. 3. 2° 13, Bl. 267^{v}–269^{r} (Schreiber unbekannt). – Der Abdruck folgt Eva Klesatschke / Horst Brunner (Hrsg.), *Meisterlieder des 16. bis 18. Jahrhunderts*, Tübingen 1993, S. 3–5. – RSM ^{2}S/4624. – Literatur: Kugler, *Meisterliederdichtung*.

Damit sich die Art der proportionierenden ›Versauslegung‹ im Detail beobachten lässt, wird hier der Bibeltext nach der Luther-Ausgabe 1545 mitgeteilt:

> Vnd die Schlange war listiger denn alle Thier auff dem felde / die Gott der HERR gemacht hatte / vnd sprach zu dem Weibe / Ja / solt Gott gesagt haben / Jr solt nicht essen von allerley Bewme im Garten? DA sprach das Weib zu der Schlangen / Wir essen von den früchten der bewme im Garten. Aber von den

früchten des Bawms mitten im Garten hat Gott gesagt / Esset nicht da von / rürets auch nicht an / Das jr nicht sterbet. Da sprach die Schlang zum Weibe / Jr werdet mit nicht des tods sterben / Sondern Gott weis / das / welchs tags jr davon esset / so werden ewre augen auff gethan / vnd werdet sein wie Gott / vnd wissen was gut vnd böse ist. / Vnd das Weib schawet an / das von dem Bawm gut zu essen were / vnd lieblich anzusehen / das ein lüstiger Bawm were / weil er klug mechte / Vnd nam von der Frucht / vnd ass / vnd gab jrem Man auch da von / Vnd er ass.

In der schlangenweis Bastian Hilprant
Die Schlang im Paradeiß

1

(I)n Genesim
stet an dem driten,
wie die schlang kam
vnd sprach: »Eua,
hat gesagt Got,
das ir solt nicht

Essen, vernim, /
der frucht, mit sitten,
aller mit nam
im garten da?
es wer onot.«
Eua, die spricht

Vnd claget:
»Got hat gesaget:

11 *onot:* ohne Not.

von aller frucht
zw essen waget,
allein versüecht
der fruechte nit
vom paum veruecht
in gartens mit.

2

Ruercz auch nit an,
sunst wert ir sterben.«
da sprach die schlang:
»ir wert darumb
nit sterben dot.
wan Got weis wol,

Est ir darfon,
wert ir erwerben
klugheit anfang
vnd wert in rumb
gleich sein wie Got,
der weisheit vol.

Im muete
das pös vnd guete
wert wissen ir.
Ganz vnpehuete
das weibe schir
den paumb ansach
vnd mit pegir
ein frucht aprach

---

19 *veruecht:* verrucht, verboten.
20 *mit:* Mitte.
28 *wert ir:* werdet ihr.
33 *Im muete:* im Gemüt, Verstand.
36 *vnpehuete:* ohne ›Hute‹, unkontrolliert.

3

Dieselben as
vnd reicht sie dare
auch irem man, /
as auch der fruecht.
Gottes gepot
zerprachen sie.

Mit diesem fras
fing sich vurware
der iamer an.
der mensch verfluecht
lag in dem dot,
verthammet hie,

Vertorben,
pis das ist gstorben
am crewcz Cristus,
der hat erworben
gnad, huld vnd pus.
durch den allein
der mensch gen mus
ins leben ein.

anno salutis 1555
am 18. Tag marci

44 *as:* (er) aß.

Von Hasen und Fröschen

Das Lied steht exemplarisch für eine Vielzahl von Fabel- und Schwankstoffen, die Sachs der zeitgenössischen gedruckten Literatur entnommen und sich produktiv angeeignet hat. Sachs trug das Lied eigenhändig in drei verschiedene Handschriftenbände ein (Zwickau MG 3, Bl. 169^r–170^r; Berlin Mgq 410/1, Bl. 13^v–14^v; Nürnberg Will VIII 235, Bl. 290^v–291^v). Zwei Abschriften von anderer Hand stehen in der Hs. Dresden M 8, Bl. 505^r–506^r (Schreiber Valentin Wildenhauer) und in Dresden M 186, Bl. 286^v–287^v (Schreiber Jörg Bauttenbacher). – Der Abdruck folgt Goetze/Drescher, *Sämtliche Fabeln und Schwänke*, Bd. 3, Nr. 16. – RSM ²S/360 – Literatur: Goetze/Drescher, *Sämtliche Fabeln und Schwänke*, Bd. 3, S. 50; Kugler, *Meisterliederdichtung*.

Vorlage des Meisterliedes ist die Fabel 2,8 aus Heinrich Steinhöwels ›Esopus‹. Diese unter dem Namen des Äsop versammelte Kompilation von spätantiken, mittelalterlichen und zeitgenössischen Fabeltexten erschien erstmals 1476/77 im Druck und erlebte im 16. Jahrhundert zahlreiche Neuauflagen. Die Kompilation war zweisprachig: Auf jeden lateinischen Text folgte eine deutsche Übersetzung. (Ausgabe: *Steinhöwels Äsop*, hrsg. von Hermann Oesterley, Tübingen 1873.)

Damit sich beobachten lässt, wie Hans Sachs seine Vorlage verarbeitet hat, folgt hier Steinhöwels Fabel-Fassung:

> Wir söllen alles wesen der zyt gedultiglich tragen und der zyt iere stat geben. Und darumb daz der mensch syne übel tragen müge, so sol er by dem ungefell ander lutt erlernen. Wann zuo ettlichen zyten wurden die hasen so ser durchächtet, daz sy in verzwyfflung gedachten, sie wollten sich lieber selber töten, wann also in sorgen leben. Als aber derselbig raut sich zu

ertöten under inen beschlossen ward, lieffent sie an ainer schar für ainem wyer sich ze ertrenken. Dar by an dem gestad gar vil frösch saßen. Do sie aber die hasen komen sahent, sprangen sie all in das wasser und bargen sich dar under. Do aber daz die hasen merkten, sprach ainer under in: ich sich wol, daz ander ouch sint, die sich besorgen; villycht mer wann wir. Darumb bedüchte mich guot, wir wären gedultig in unserm wesen als die andern, und trügen das ioch der natur gedultiglich, die uns gegeben hat in sorgen ze leben. Wann die zyt würt komen, daz sich unsere sorg verkeret in guoten frid.

In dem suessen thon Regenbogens.
Von hasen und froschen ein fabel.

1

Esopüs uns peschreibet,
Wie vil hasen aufwüchs,
Hetten im wald ir leger
Nach leng und vberzwerg.
Der wurden viel entleibet
Von geyer, wolff und füchs,
Von hünd, falck und dem jeger
Mit lawschen und weidwerg
auf einem perg
Die hasen in den nötten
Rat hieltten: seit ir gancz geschlecht
Würt gar durch echt,
Wolten sie sich al thötten,
Ee sie ir feinde gar umprecht.

2

Also lüffen die hasen
Zw einem weiher rösch,

Wolten sich selb ertrencken
In einem tiefen tal.
Umb diesen weyer sasen
Vil alt und jünger frösch,
Als sie sahen zw lencken
Die hasen alzwmal,
Sprangen sie al
In das wasser hinünder,
Verpargen sich gancz unde gar.
Der hasen schar
Sach an das grose wünder.
Ein alter has sprach: »Nemet war!

3

Secht an, wie ander dire
Aüch stent in groser forcht,
Die aüch leiden unschuldig
Der iren veind geferd,
Vileicht gröser dan wire.
Ich pit eüch, mir gehorcht!
Lat vns leiden geduldig,
Pis die zeit pesser werd.« –
Also aüf erd
Sein pürd ein ider trage,
pedenck, wie alle menschen kint
Gedrücket sint
Aüch mit leiden und plage.
Gedült alle ding vberwint.

Anno salütis 1530, am 5 tag Janüarii

Der Fuchs mit dem Hahn

Hans Sachs verarbeitete hier, wie im vorigen Lied, eine Fabel aus Steinhöwels *Esopus* (Extrav. 3).

Sachs' Autograph in Hs. Zwickau MG 10, 364 (Kriegsverlust). Eine jüngere Abschrift steht in Hs. Dresden M 5, S. 332–333 (Schreiber Benedict von Watt). – Der Abdruck folgt Goetze/Drescher, *Sämtliche Fabeln und Schwänke*, Bd. 4, Nr. 548.

In der kleweis Balth. Wencken.
Der fuchs mit dem han.

1

Ein hungriger fuchs thet außgon
Vnd fand bei einem dorf ein hon
Auf einem zaun, den ret er on:

»Ein gute stim dein vater het;
Drum kum ich her an dise stet,
Ob im dein stim auch gleichen thet.«

Die hoffart trang
Den hon, der schwang
Sein flügel, hub laut an vnd sang
Mit pschlossnen augen, das es klang.

2

Der fuchs ergrif den han im sprung
Vnd sich mit im gen holze schwung,
Im liefen nach alt vnde jung,

---

3 *ret:* redet.
7 *trang:* dringen: nötigen.

Schrien: »Der fuchs tregt vnsern han.«
Der han ret den fuchs also an:
»Hör, wie die bauren schreien thon.

Sprich: Ich trag mein
Han hie alein
Vnd nicht der bauren gros vnd klein.«
Den fuchs rit auch die hoffart sein,

3

Ließ aus dem maul den gfangnen han
Vnd wolt die bauren schreien an,
Der han im auf ein baum entran
Vnd schri: »Mein fuchs, vernim den sin!
Der bauren han ich wider bin,
Lauff nur dein stras vngessen hin.«

Der fuchs der schlug
Sein maul genug,
Sprach: »Dein gschwecz mich vmb den han drug.
Wer schweigen kan, ist weiß vnd klug.

1548 November 3.

Die verbrannte Stadt Sagunt

Das Lied exemplifiziert den breiten Stoffbereich antiker Literatur, die erst durch die humanistische Übersetzertätigkeit in den deutschsprachigen Buchdruck gelangt ist und von Sachs lebhaft aufgegriffen wurde. Vorlage für das Lied war ein Kapitel aus Livius' *De urbe condita*. Hans Sachs hat die Römische Geschichte schon bald nach dem

Erscheinen der deutschen Übersetzung studiert und verschiedene Kapitel zu insgesamt 41 Meisterliedern verarbeitet. Livius erzählt viele Begebenheiten, die einen unbeugsamen Bürgersinn bezeugen. Sachs als überzeugter Bürger einer Freien Reichsstadt macht daraus gern anschaulich mahnende Exempel. Das hier folgende Lied bietet den Extremfall einer Durchhaltemoral. Die von Hannibal belagerten Bürger der mit Rom verbündeten Stadt Sagunt (Spanien) verbrennen sich selbst mit ihrer gesamten Stadt und lassen dem Feind nur einen leeren Mauerring in die Hände fallen.

Das bisher ungedruckte Meisterlied ist der von Sachs geschriebenen Hs. Zwickau MG 8, Bl. 13v–14r entnommen. Eine weitere Niederschrift (Autograph) in Hs. Dresden M 192, Bl. 318r–319r, eine jüngere Abschrift in Hs. Weimar Fol 419, Bl. 237v–238v. – RSM 2S/1909.

Literatur: J. Beifus, »Hans Sachs und die Reformation bis zum Tode Luthers«, in: *Mitteilungen des Vereins für Geschichte der Stadt Nürnberg* 19 (1911) S. 1–76, hier S. 69. – B. Grasser, *Livius bei Hans Sachs*, Mag.-Arb. Univ. Erlangen, 2000.

In der fewerweis wolff puechners
Die verprent stat sagintum

1

[A]ls sagintum, die gros mechtige state,
in Hispania schwer pelegert hate
Hanibal von Cartago der hauptmon,

1–3 *[A]ls sagintum … der hauptmon:* Sagunt am Ebro wurde im Jahr 219 v. Chr. von Hannibal nach achtmonatiger Belagerung eingenommen. Der Fall der Stadt war Anlass für den 2. Punischen Krieg.

Vnd in drey thueren nider felt,
Auch ein stuk der statmawren,

Die pürger wertten sich in dieser notte,
schosen vnd warffen vil der feint zw dotte.
hanibal aber grimig wurt darfon,
Vnd sein her zw stuermen anstelt;
Des stund die stat in drawren.

Man schickt ein pürger der frid machen solde,
Hanibal aber wolt den krieg nicht enden;
man stelt den all reichtum, silber vnd golde
Der gancze pürgerschaft zw seinen henden,
Vnd zuegen in schlechtem gewant
mit weib vnd kinden auff dem lant,
Dis det die pürger dauren.

2

Vnd machten in der stat innen ain weere,
Darin aufzwhalten der feinde heere.
Wan die ewser weer schon verloren war.
Auch liesens ir schecz vnd reichtum
Auf den marck zamen dragen,

Vnd verprenten das mit aim grosen fewer,
Das ir guet kam den Feinden nicht zw stewer.
Die weil drang ein der feint mit groser schar
Vnd allenthalb die stat einum,
kam, da die pürger lagen,

Mitten in der verschlank vnd vergraben,
Darob ergrimet Hanibal im zoren.

---

4 *in:* ihnen (den Bürgern von Sagunt). – *thueren:* Türme.

20 *Wan die ewser weer schon verloren war:* Als die äußere Wehr(mauer) schon verloren war.

24 *zw stewer:* zu Nutzen.

Die feindt mit sturm allenthalb vmbgaben,
Die purger werten sich zwsam geschworen
gar kecklich in der leczten not,
Vor augen sahen sie den dot,
Doch wurden sie geschlagen.

3

Als sie den sturme auch sahen verloren,
loffens in ir aigne hewser in zoren
vnd stiesen sie mit aignem fewer on;
verprenten sich mit weib vnd kint
Vnd all irem hawsratte.

Also die stat mit rot glastigem fewer
verprun, das nur pliebe das ler gemewer,
idoch der feint noch grose pewt gewon,
man in thito liuio vint,
Der es peschrieben hatte.

Also wurt diese mechtig stat zerstöret
Von freünde vnd durch feindes hertigkeite.
Als der senat zw rom den Jamer höret,
Da rewet sie, das sie nicht pey der zeitte
ir puntgnosen hetten Entseczt,
Also die guetten rett zw leczt
kumen doch vil zw spatte.

Anno salute 1545
am 15. tag decembre.

---

36 *loffens:* liefen sie.
39 *hawsratte:* Hausrat.
43 *in thito liuio:* Titus Livius, *Ab urbe condita* 21, 7–16.
46 *hertigkeite:* Härte.
49 *ir puntgnosen hetten Entseczt:* ihre Bundesgenossen entsetzt hätten.
50 *die guetten rett:* die guten Reden.

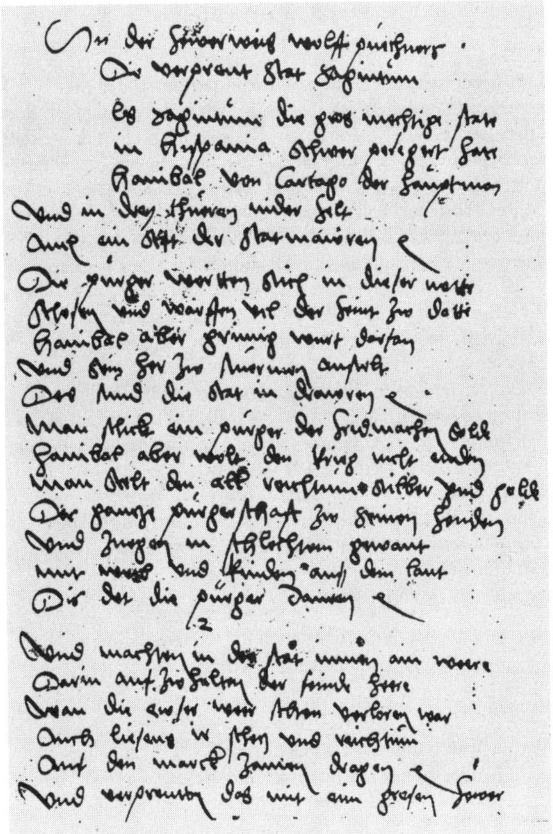
In der Sturweis wolff puchners
Die verprent stat sagintum
Es sagintum die gros mechtig stat
in Hyspania schwer pelegert hat
Hanibal von Cartago der haubtman

Autograph des Hans Sachs: *Die verprent stat sagintum*
Zwickau MG 8, Bl. 13v

Das Kälberbrüten

Das Lied steht exemplarisch für einen Stoff, der mehrmals verarbeitet worden ist. Sachs hat den Schwankstoff drei Jahre später (7. 10. 1551) als Fastnachtsspiel und weitere sechs Jahre später (9. 11. 1557) als Spruchgedicht ausgearbeitet (KG 14, S. 170–183 und KG 9, S. 288–292).

Der Abdruck folgt Goetze/Drescher, *Sämtliche Fabeln und Schwänke*, Bd. 4, Nr. 381. Sachs selbst hat das Lied dreimal aufgezeichnet: in den Handschriften Zwickau MG 9, Bl. 104 (Kriegsverlust), Dresden M 12, Bl. 141^{v}–142^{r}, und Berlin Mgq 583, Bl. 257^{r}–258^{r}. Das Lied war beliebt und ist in sechs weiteren Abschriften erhalten. – RSM ^{2}S 2312.

Literatur: Jakob Frey, *Gartengesellschaft*, hrsg. von J. Bolte, Tübingen 1896, S. 214. – J. Bolte / G. Polivka, *Anmerkungen zu den Kinder- und Hausmärchen der Brüder Grimm*, 5 Bde. Leipzig 1913–31, Bd. 1, S. 317. – H. Fischer, *Studien zur deutschen Märendichtung*, Tübingen 1968, S. 56. – K.-H. Schirmer, *Stil- und Motivuntersuchungen zur mittelhochdeutschen Versnovelle*, Tübingen 1969, S. 107.

In dem schaczton Hans Vogels.
Das kelberprüten.

1

Ein pauer sas zu Popenreut,
Der seiner sin war halb zerstrewt,
Schickt sein weib frw int state,
Das sie aus milch gelt losen solt,
Die weil da haim er kochen wolt.

3 *frw int state:* früh in die Stadt.

Der auf den tag doch spate
Im pet verschlaffen hate.

Doch morgens, da der hirte plies,
Kue, sew vnd kelber er auslies.
Legt sich wider ins pette.
Ein kalb verirret sich im hoff,
Das angfer zv dem prünen loff,
Darein sich stuerzen dete.
Als der pawer aüfstete,

Wolt kochen, schopft wasser am prünen,
Hat er das kalb darin gefünnen.
Da war im angst zv müet,
Gedacht: aus ayren prüet ein hen
Jünge hüner; der gleich wie wen
Ich kes vnterlegt schiere,
Vileicht wurden aüch ausgeprüet
Jünge kelber von mire.

2

In ain korb legt er sieben kes,
Zog sein pruech ab sambt seim geses
Vnd seczt sich auf die dillen
In korb hoch oben in dem haüs,
Wolt junge kelber prüeten aus,
Sein weib darmit zv stillen:
Im hiren het er grillen.

Als er nün ob den kesen sas,
Des zessen kochens er vergas.

---

24 *pruech:* Hose um Hüfte und Oberschenkel. – *geses:* der hintere Teil der Hose, der das Gesäß deckt, im Gegensatz zum vorderen, dem ›latz‹.

25 *dillen:* Diele.

28 *stillen:* beschwichtigen.

Die fraw vom marck kam wider,
Süecht im haüs vnd schrir irem mon,
Da kreet er gleich wie ein hon:
Guecker hürl hüe! gar nider,
Schwang sam das sein gefider.

Die fraw zv im auft dillen stiege,
Der man im korb sas stil vnd schwiege
Vnd zischet wie ein gans,
Wen die siczt ob der ayer prüet.
Die fraw erschrack, war vngemüet,
Maint, er wer nicht pey sinnen,
Vnd sprach zv im: »Mein lieber Hans,
Was thüstw hie peginnen?«

3

Der man sie widerümb anpfiff.
Als mit der hant sie nach im grieff,
Mit dem maül nach ir schnappet
Der paüer, erst gab sie die fluecht
Vnd ir hilff pey dem pfarer süecht,
Sprach: »Helft, mein man ist lappet.«
Der pfarrer mit ir sappet.

Pald den pfarrer ersach der mon,
Da kreet er vnd pfiff sie on.
Der pfaff in pald peschwüere,
Warff im den stol an seinen hals
Vnd zog in von dem korb nach mals.
Der paüer pald aüfüere,
Schray vnd gar zornig wüere:

41 *vngemüet:* verdrießlich, zornig.
44 *thüstw:* tust du.
51 *sappet:* sappen: schwerfällig einhergehen, stapfen.
55 *den stol:* die Stola.

»Der dewffel euch herfüeren thuete,
Das ir mir habt verderbt die prüete.
Schawt die kes an der stet!
Schon lebentig sint allenthalb;
Ide mad worden wer ein kalb,
Het ir mich prueten lassen.« –
Also manch güet anschlag verget
Gleich ainer wasser plasen.

Anno salutis 1547, am 13 tag May.

Die kurzen Bauernschwänze

Das Lied dürfte bei so genannten Zechsingen, den Wettsingen im internen Kreis der Meistersingergesellschaft, zum Einsatz gekommen sein. – Der Abdruck folgt Goetze/Drescher, *Sämtliche Fabeln und Schwänke*, Bd. 5, Nr. 723. Autograph in der Hs. Zwickau MG 12, Bl. 97^{r}–98^{v}. Weitere Abschriften in Berlin Mgq 583, Bl. 267^{r}–268^{v}, und in Dresden M 5, S. 182–183 (Benedict von Watt).

Jn der steigweis Hans Pogners
Die kuerczen pawren schwencz

1.

Ain dorff ligt in dem Payerlant
Pey Lanczhut, Erbelting genant, [Bl. 98]
Da hetten in der grencze
Gar vast die pawren alle sant
Ser kürcz vnd klaine schwencze,

Das manche maid petrogen wüer.
Derhalb pegab sich vil aufrüer
Zw Freysing am corkriechte,
Manch prawt vur iren preutkam schwuer,
Palt sie des würt perichte.

Derhalb der pischoff macht ein gsecz:
Welcher puren knecht nehmen wolt ein frawen,
Dem wart aufgeleget zw lecz,
Das er sich forhin müest lasen peschawen,
Ob er auch recht lanczwerung het
Wen man pesichtigt an der stet
Vnd an der prob pestünde,
Erst man die hairat pschliesen det,
Vnd het die e ain grunde.

2.

Wer aber fiel an dieser schaw,
So het die prawt an im ein graw,
Die hayrat würt abgschlagen,
Sein acht der weder meit noch fraw
Forthin bei all sein tagen.

Die schau wart also zw gericht:
Ein loch macht man zw dem gesicht
Jm kor durch die kirchmawren,
Durch das müsten pey aidespflicht
Jr schwencz stossen die pawren.

Kurczer zeit sich pegab darob,
Das ains puren sun het ein mait genumen.
Als er auch solt than diese prob
Vnd war mit seiner freuntschaft dahin kumen,

6 *petrogen wüer:* betrogen war.
8 *corkriechte:* Chorgericht.
32 *than:* tun.

Der pfaff fuert in int kirchen nein,
Er sprach: »Jch hab zw kurcz vnd klein,
Er wirt im loch nit klecken.
Jch will euch schencken ein faist schwein,
Thuet euren hinein stecken!«

3.

Der pfaff sprach: »Ja, schweig darzw stil!
Den mein ich hinaus recken wil.«
Als es der pfaff nun dete,
Da ueberaicht er weit das zil,
Das man gemachet hete.

Raus auf dem kirchoff stund die prawt
Mit ir freuntschaft vnd in peschawt,
Dett darnach darauff weissen,
Sprach: »Haincz, das het ich dir nit drawt,
Dw ain andre pescheissen!

Den schwancz ich lengst wol kennet hab,
Er ist des pfaffen. Las den schawen!«
Der guet Haincz zog mit schanden ab.
Der dichter lest pitten die zuechting frawen
Vnd auch die herren in gemein,
Jr wolt im das verzeyen sein;
Er kuncz nit pas peschneiden.
Die schwencz waren an das zw klein,
Kunden des schnicz nit leiden.

Anno domini 1551, am 22 tag Aprilis.

---

36 *klecken:* ausreichen.
44 *Raus:* draußen.
54 *Jr wolt im das verzeyen sein:* Ihr wollt ihm das verzeihen.

SPRUCHGEDICHTE

Die nahezu 2000 Spruchgedichte begründeten die Breitenwirkung und Popularität des Hans Sachs schon zu seinen Lebzeiten; allen voran *Die Wittenbergisch Nachtigall* (1524), mit 700 paarweise gereimten Knittelversen eines der umfänglichsten Stücke der Gattung. Sie war in Dutzenden von Einzeldrucken verbreitet. Sachs betätigte sich immer wieder als Propagandist der lutherischen Reformation. 1527 schärfte er ein antipäpstliches Pamphlet des Nürnberger Predigers Osiander mit griffigen Versen an. Eine Textprobe:

Weil sich der bapst von got abwendt,
Auff gut und weltlich regiment,
Zu blut-vergiessen, krieg und streit,
Ist er kein hirt der christenheit.
(KG Bd. 22, S. 131)

Der Rat der Stadt fürchtete diplomatische Verwicklungen, konfiszierte den Druck und erteilte Sachs ein dreijähriges Publikationsverbot. Auch später hatte Sachs wegen Äußerungen über politische oder religiöse Themen gelegentlich Schwierigkeiten mit der Obrigkeit. Den kuriosesten Fall bietet das unten abgedruckte *Gesprech von der himelfart margraff Albrechtz*. – Die große Menge seiner Spruchgedichte ist freilich nicht auf Obstruktion und Polemik angelegt, sondern widmet sich – durchaus konform mit den Stadtoberen – der Festigung des ›Gemeinen Friedens‹ und betreibt, was man später Volksbildung nennen wird. Zahllose *Historien* unterrichten über alles, was irgendeinen geschichtlichen Anstrich hat, von *Geburt, leben und endt des grossen Alexanders* (KG 8, 652) bis zur *göttin Diana mit Acteon* (KG 2, 173), von der *bäpstin Johanne Anglica*

(KG 8, 652) bis zu *Dantes, poet von Florentz* (KG 20, 265). Viele humanistische Übersetzungen der lateinischen Antike und Moderne hat Sachs schon bald nach ihrem Erscheinen im Buchhandel ausgewertet und ausgewählte Kapitel in Spruchgedichte umgegossen. Er versöhnte damit die neue Form der Buchlektüre mit der seit alters üblichen Vortragskultur der Spruchsprecher. Spruchsprecher wurden zu allen möglichen öffentlichen und privaten Festivitäten engagiert. Da aber viele Spruchgedichte auch als Einblattdrucke, oft mit Holzschnitten verziert, verbreitet waren, dürften sich Lektüre und Vortrag die Waage gehalten haben.

Eine große Abteilung bilden die *fabel und schwenck* (*Summa* V. 177). Ihr Unterhaltungswert setzt sich über die pflichtschuldig begleitenden Gesten des moralischen Belehrens meist mühelos hinweg. Der unten folgende *Sant Peter mit den lanczknechten im himel* ist dafür ein schönes Beispiel.

Eine kleine, aber gewichtige Gruppe bilden die *Gesprech* betitelten Spruchgedichte. Ihre Inhalte weisen in völlig verschiedene Richtungen. Manche tendieren ins dramatische Genre wie das *gesprech zwischen einem waltbruder und engel, von dem heimlichen gericht Gottes* (KG 1, 409) oder das *Gesprech künig Alexandro Magno mit Diogene, dem philosopho* (KG 23, 144, eine zweite Fassung KG 7, 258). Andere haben den Charakter von Traktaten und sind als Selbstgespräche mit einem allegorisch verkleideten Gegen-Ich inszeniert: *Gesprech eyner bulerin und eines ligenden narren unter iren füssen* (KG 23, 6) oder *Ein Gesprech der Philosophia mit eynem melancolischen, betrübten Jüngling* (KG 4, 141).

Gespräch von der Himmelfahrt Markgraf Albrechts

1552 hatte Markgraf Albrecht-Alcibiades von Brandenburg-Kulmbach das Nürnberger Land verwüstet und die Stadt belagert. Im weiteren Verlauf des ›Markgrafenkrieges‹ wurde er als Landfriedensbrecher in die Acht getan. Er starb 1557. Sachs schrieb gegen den Markgrafen mehrere Satiren, von denen das vorliegende *Gesprech* das schärfste und beste Stück ist. – Die Einkleidung des Traums verleiht dem Erzählten sowohl Distanz als auch höhere Bedeutung. Der Genius ist zugleich Schutzgeist und Figur der poetischen Einbildungskraft, das *Gesprech* somit ein innerer Dialog, eine Zwiesprache des Autors mit sich selbst. Der große Mittelteil parodiert den Typus der »Ehrenrede« auf Verstorbene. Der in Nachrufen übliche Tugendkatalog ist durch einen Lasterkatalog ersetzt. – Der Nürnberger Rat wusste von der Existenz der Satiren, *die bißher nicht an tag komen, auch nicht gut were, das solche weiter gebracht wurden.* Deshalb forderte er einen Tag nach dem Tod des Dichters (20. 1. 1576) von den Erben die Spruchbücher an und ließ das *Gesprech*, das im 11. Spruchbuch auf Bl. 125–130 eingetragen war, herausschneiden. Weil aber bereits Abschriften kursierten, blieb der Text für die Nachwelt erhalten.

Der Abdruck folgt KG. – Literatur: H. Brunner, »Über die Schwierigkeiten literarischen Schaffens in der Reichsstadt Nürnberg«, in: *Hans Sachs und Nürnberg*, hrsg. von H. Brunner [u. a.], Nürnberg 1976, S. 1–13; D. Merzbacher, »Zur Überlieferung des Spruchgedichts ›Gesprech von der himelfart margraff Albrechtsz‹ von Hans Sachs in Nürnberger Stadtchroniken«, in: *Litterae Ignotae* 5 (1977) S. 135–139; Th. Nolte, »Der ›Nachruf‹ des Hans Sachs auf den Markgrafen Albrecht Alcibiades von Brandenburg-Kulmbach«, in: *Daphnis* 13 (1984) S. 77–100; S. Trappen,

»Das ›Gesprech von der Himelfart Margraff Albrechtz‹ des Hans Sachs«, in: *Zeitschrift für deutsches Altertum* 121 (1992) S. 309–333.

Gesprech von der himelfart margraff Albrechtz, anno 1557.

Als man zelt funfzehundert jar
Und siebnundfünfzig, als gleich war
Januari der sibent tag,
Ich die-selb nacht gar munter lag,
Und pedacht mich hin unde her,
Weil man hört so vyl poser mer
Vom Düercken und andren thirannen,
Wie di zw-rüesten ir streitfannen,
Vil haimlich pratic wurden gmacht
Uber Dewtschlant, drob ich gedacht,
Pesser wer sterben den zw leben,
So würd doch ainem rue gegeben,
In seinem grab mit fried zu liegen
Vor thiranney, aufrur und kriegen.
In den schweren gedancken dieff
Ich mit aim starcken schlaff entschlieff.

Genius.
Im traum mir Genius erschin
Sprach: »Wolauff, dw muest mit mir hin.
Ich wil dir zaigen ain kriegsfüersten,
Den alzeit hart nach pluet was düersten,
Welcher schier das gancz deutsche lant
Mit krieg erreckt hat durch sein hant
Und des verderbt ein grosen dail
On nuecz, im selber zw unhail.

---

9 *pratic:* Praktik (vgl. franz. *pratique*), Kunstgriff, Anschlag.
22 *erreckt:* erregt.
24 *On:* ohne. – *im:* ihm, sich.

Dann er mit gewaltiger hant
Aus seinem aigenen erblant
Vertriben worden, im elent
Der sein leben heut hat geendt.
Wolauff und kom bald mit mir dar!
Schau, wie sein sel gen himel far!«

Also daucht mich in traumes-qual,
Wie er mich in ein dunckel thal
Füret und zaiget mir da on
Von weitten ein lange person,
Die vor uns ging gemach abwartz
In eim dußmichen nebel schwartz,
Welche bei ir selb klagt und wemert,
Echzet, seufzet, waint und gemert;
Darob ich ward entsetzt, erschrocken.
In dem erhört wir alle glocken
Oben auf erden leuten lang
Sambt eim kleglichen todten-gsang.

Hans Sachs.
Ich sprach: »Genius, mich beschaid!
Dem volck ist umb den füersten laid,
Brüff ich bei dem kleglichen gsang
Und auch gleich an der glocken clang.«

Genius.
Genius sprach: »Man leut die glocken
Vor grosen freuden und frolocken,
Das er nun hin ist auf der erdt.
Das todten-gsang und klag-gebert

---

31 *daucht:* deucht, dünkt.
36 *dußmichen:* dußmig: dämmrig.
37 *wemert:* wimmert.
38 *gemert:* gemern: jammern, wehklagen.
45 *Brüff:* prüfen: kennen lernen, bewährt finden.

Helt man gwislich allein darumb,
Das in der todt nit lengst hinnumb.«

Hans Sachs.
Ich sprach: »Das mag sein bey den baurn
Und den burgern in den maurn,
Welchen er hart zusetzen thet,
Beraubet, brent dörffer und stet.
Den fürsten aber ist es laid?«

Genius.
Genius sprach: »Bei meinem aid!
Die fürsten haben sich zu-letzt
Selber vor sein dücken entsetzt;
Hat wol in dises krieges spil
Etlich fürsten gekostet vil,
Die im haimlich haben hilf than.
Soltens im lenger hangen an,
Er het sie wol sambt im verderbt
Gleich seim land, das er hat ererbt.
Derhalb wünscht in kein mensch herwider,
Der weis ist, erenwert und bider,
Weil er noch het gelebt on rhu,
Nach aufrur trachtet immer-zw.«

Nun wir volgten von ferren nach.
In dem ich ein gros volck ersach
Von adel, reutter und lantzknechten,
Warn gerüst zu schlagen und fechten.
Als nun die sel kam zu in dar
Und fast miten unter in war,

52 *in:* ihn. – *hinnumb:* hinwegnahm.
60 *dücken:* Tücken.
67 *herwider:* wieder her.
71 *von ferren:* von ferne.
75 *die sel:* die Seele (des Verstorbenen). – *in:* ihn.

Ungestüm schray der hauf obgemelt
Dieser sel zu: Gelt! gelt! gelt! gelt!
Stilschweigent ging der geist sein stras
Durch sie und dückisch sehen was.

Hans Sachs.
Ich sprach: »Genius, sag mir war!
Was ist das für ein grose schar
Von den nacketen krieges-knaben,
So alle da gelt wöllen haben?«

Genius.
Genius sprach: »Schau! das sind schlecht
Edelleut, reutter und lantzknecht,
Den er verhies gros sold zu geben,
Dieweil er kriegt in seinem leben:
Solten all gwinnen er und gut.
Die reit itzunder die armut
Weils in itzt an der zalung felt;
Und ward manchem kaum das laufgelt.
Die schreien itzt mit ungedult.
Auch hat er gemacht grose schult
Bei fürsten, adel hin und wider,
Die im liehen, es wolt ein ider
Mit seim kriegen werden geleich,
Mit im werden selig und reich.
Weil es nun hat geschlagen umb,
Ist ungestümb des volckes sumb;
Ir dinst und lehen ist verlorn.
Derhalb wütt es also im zorn
Und zeucht im greulich hinden nach.«

---

77 *der hauf obgemelt:* der oben genannte (gemeldete) Haufen.
80 *dückisch sehen was:* war tückisch (listig) dreinsehend.
86 *reutter:* Reiter, Berittene.
88 *kriegt:* Krieg führte.
96 *ider:* jeder.

Nach dem ein groses volck ich sach
Von weib, kindern, purgern und paurn,
Sie stunden da in grosem traurn,
Der anzal etlich tausent war.
Als nun der geist kam zu der schar,
Da gingen sie entgegen im,
Schrien gar mit cleglicher stim:
»On ursach hastu uns verderbt,
Weib und kinder hungers gesterbt.
Itzt mustu auch für grichte gon
Und einnemen verdienten lon.«
Der geist ein seufzen sencken was,
Ging stilschweigent durch sie die stras
Und schlug schamrot sein augen under.

Hans Sachs.
Ich sprach: »Genius, sag besunder,
Wer dieser groser hauf mag sein
Von volck, jung, alt, gros unde clein.«

Genius.
Genius sprach: »Der grose hauffen,
Die in mit geschrai uberlauffen
Aus den stetten und aus dem lant,
Die hat er plagt mit raub und brant,
Genomen in schaf, kue und pferd,
Mit krieg verderbt oben auf erd,
Brantschatzt, darnach auch erst verprent

Und gar mit unfürstlicher hent
Ir vil gehencket umb unschult.

112 *gesterbt:* sterben lassen.
113 *Itzt mustu auch für grichte gon:* Jetzt musst du auch vor Gericht gehen.
115 *Der geist ein seufzen sencken was:* Der Geist stieß einen Seufzer aus.
125 *in:* ihnen.
129 *umb unschult:* unschuldig.

Des schreiens rach mit ungedult
Zu got im himel uber in.«

Nach dem kamen wir weiter hin
An das hellwasser Stix zu thal;
Darbei stund ein unzelig zal,
Zerhackt, verwundt, noch also blutig,
Tödtlich blaich, traurig und unmutig,
Wie ghenckte köpf war ir anblick;
Mancher het noch am hals ein strick,
Und stunden da aller gestalt,
Wie man das wüttend here malt.
Als nun der geist zu inen drat.
Hin an des hellwassers gestat,
Zu-hand der blutig hauffen schrir:
»We, we uns ewiglich und dir!
Im würgen seind wir erwürgt worn
Und nun ewig mit dir verlorn.«
Der geist der biß sein zen zusamen
Und thet echzigen und grisgramen,
Ganz stillschweigent unter in stan,
Sahs mit zornigen augen an.

Hans Sachs.
Ich sprach: »Genius, sag durch gott!
Wer ist die gros blutige rott?«

---

130 *schreiens rach:* schrien sie Rache.
133 *hellwasser Stix:* Höllenfluss Styx.
140 *here:* Heer.
142 *gestat:* Gestade, Ufer.
145 *worn:* worden.
148 *echzigen:* ächzen.
150 *Sahs:* sah sie.
151 *durch gott:* um Gottes willen.

Genius.
Er sprach: »Das ist die ganze sumb,
Die in dem kriegen kamen umb:
Kriegsvolck aus allerlei geschlecht,
Als adel, reutter und lantzknecht,
Die er zw thiranney vermant;
Geistlich und weltlich nit verschont;
Er blündert kirchen, klöster und stifft,
Ser vil mördens-unglück anstift
In dem deutschen land hin und wider,
Bis man in etlich mal legt *nider*:
Da er disen hauffen verlur,
Erstochen und erschossen wur.
Schau! ders-selben seel alda sten,
Und der-gleichen sambt allen den
Knechten, lies hencken ane recht,
Lont in wie der teuffel seim knecht.
Schau! dise haben all gewart
Auf des kriegsfürsten himelfart,
Mit im zu farn in himel hoch,
Gleich wie ein kue in ein meußloch.«

In dem da fur daher Caron
Mit seim schif, der hellisch schifman,
Da er die seel nach der geschicht
Fürt uber inn die heel für gricht.
Als nu der fürst eintreten wolt,
Da sagt zu im Caron: »Du solt
Nit tretten in das schiff zu mir,
Bis du geleget hast von dir

---

157 *vermant:* verpflichtete.
164 *wur:* wurde.
172 *meußloch:* Mauseloch.
173 *Caron:* Charon (der Fährmann am Unterweltfluss).
176 *inn die heel für gricht:* in die Hölle vor Gericht.

All unart, sünd und untugent,
Die du bisher tribst all dein jugent;
Wann diß schifflein, thu ich dir sagen,
Kan solchen last gar nit ertragen.
Darumb würf solch laster ungheuer
An dem gestat in dises feuer!«
Zu-hand ich ein gros feuer sach
An dem gestat; dem trat ich nach,
Das ich da alle ding mocht sehen.
Der fürst thet sich zum feuer nehen
Und schütt sein trunckenheit darein:
O, wie ward ein gestenck von wein!
Het schir erlescht das feuer gros.
Nach dem von im ins feuer schoß
Sein thiranischer trutz und frevel,
Das brennet gleich wie bech und schwefel.
Warf darein sein gotslestrung auch:
Bis auf gen himel ging der rauch.
Stürtzt auch darein sein neid und haß,
Darvon das feuer erst flamen was.
Schwang auch darein sein grim und zorn
Und mainaid, so er hett geschworn,
Sambt schmaichlerei und hindertück,
Untreu und der-gleich böse stück.
Darvon wurd erst gemeltes feur
Noch grösser vil und ungeheur,
Das an himel aufstubn die funcken.
Nach dem so thett mich auch beduncken,
Wie er ins feuer werffen thet
Etlich schmachbücher, die er het.

192 *gestenck:* Gestank.
193 *schir erlescht:* schier (beinahe) ausgelöscht.
197 *gotslestrung:* Gotteslästerung.
205 *gemeltes:* (oben) gemeldetes.
208 *beduncken:* (be)dünken.
210 *schmachbücher:* Schmähschriften, Pamphlete.

Darvon hört ich das feuer schmatzen,
Ser greulich funcken und aufspratzen
Von unverschembten grosen lügen,
Die ein blinder hett greuffen mügen,
Damit zu schützen fürstlich ehr,
Und sich selbert verkleinert mer.
Nach dem warf er darein on zal
Laster, hie, ungenent zumal,
Als mordt, brant, mörderei und raub,
Hochmut, zauberei und unglaub:
Wurden an dem gestatt verbrent.
Als nu solchs alles ward vollent,
Nach dem trat der gaist in das schif,
Traurig, uber das wasser tief.
Zufaren für das hellisch gricht.
Mich aber daucht in dem gesicht,
Wie das jenseit des wassers ston
Am gestat manch herrlich person,
Als gros mechtig herren und fürsten,
Die nach seiner zukunft war dürsten,
Schrien: »Kum her, du bist ein rechter
Landfridlicher thirann und echter!«
Und stunden doch sam in unmut,
Bis uber-furen in dem blut;
Die winckten im nüber zu in.

Hans Sachs.
Ich sagt: »Genius, sag den sin!

---

212 *aufspratzen:* aufsprühen.

214 *greuffen:* greifen.

216 *Und sich selbert verkleinert mer:* und sich selbst noch mehr verkleinert hat (d. h. sich entehrt hat durch seine verlogenen Schmähschriften).

230 *zukunft:* Ankunft.

232 *Landfridlicher thirann und echter:* Tyrann und Geächteter des Landfriedens.

233 *sam:* zusammen.

Wer sind jene mechtige herrn,
die an dem gestat sten von fern?«

Genius
Er sprach: »Ist Dionisius,
Sein son und Aristotimus
Cleomenus und Phalaris
Nicocrates und auch Nabis
Nero, Heiliogabolus
Domianus, Julianus
Comotus und Caligula
Der-gleich ander thirannen da,
Die all vergossen menschenblut
Welche auch alle in unmut
Auch vor etlich und hundert jarn
Hieher sind gen himel gefahrn.
Da wartens all sein in gemein
Und der gantzen gesellschaft sein.«
Nach dem ersach ich das hellhaus
Gros, weit erschröcklich uberaus,
Welliches hett wol tausent pforten
Und zugeng gar an allen orten.
Nach dem sach ich das gros hellthor
Offen und hoch hangen darvor
Cerberum den grossen hellhundt
Mit seinem weit drifachen schlunt,
Der heulet, tobt und wüttet vast,
Freut sich des zukünftigen gast
Und auch der ander vielen meng,
Die man fur uber mit getreng.

239–245 *Dionisius … Caligula:* Tyrannen des Alten Testaments und der griechischen und römischen Antike.
260 *drifachen schlunt:* Der Höllenhund Cerberus hat drei Köpfe.

Hans Sachs.
Da sagt ich zu Genio da:
»Wie geren wolt ich mit-farn da,
Wie Damancius und Minos
Sprechen urtheil uber den haufen gros,
Darvon ich habe bei meinen tagen
Gelesen vil und hören sagen,
Von disem hellischen gericht.«

Genius.
Genius sprach: »Mit nichten nicht
Wünsch dich zu dem blutigen haufen!
Thu von der hell aufs weitest lauffen!
Darinn ist weder freud noch wun,
Sie sehen weder mon noch sun,
Müssen ewig im finstern sein,
On erlösung in qual und pein.«

In dem sach ich das hellisch feur
Mit finstrem rauch gar ungeheur
In dem gantzen hellischen haus
Oben zum gibel schlagen aus,
Das laut prasslet, knaltzet und kracht.

Der beschlus.
Darfon ich ploczlich auf-erwacht.
Da war mein herz und gemüet stecken
Vol wunders, angst und sorg und schrecken,
Kunt lang zu mir selb kumen kaumb,
Dacht: Was pedewt nur dieser traumb?

267–268 *Damancius und Minos:* In der antiken Mythologie (Vergil, Ovid) galt der kretische Herrscher Rhadamanthus wegen seines großen Gerechtigkeitssinnes neben seinem Bruder Minos als Richter in der Unterwelt.

285 *war … stecken:* steckte.

Nach dem det man nach kurzen tagen
Im ganczen lant warhaftig sagen,
Margraff Albrecht verschieden wer
Den sibenden dag im Jener.
Nit wais ich, ob mir das gesicht
Sein himelfahrt hat unterricht
Oder ob der traum on gefer
Die-selbig nacht sey kumen her.
Das las ich weiser leut ausprechen;
Ich kan es selber nit aus-rechen.
Das mir kein ungunst daraus wachs
Pey den Merckischen, wünscht Hans Sachs.

Anno salutis 1557, am 6 tag Februari.
300 vers.

Ein Gespräch, die neun Gaben der Musen betreffend

Das Gespräch ist ein frühes Manifest des freien Künstlertums. Es thematisiert die individuelle Begabung, die den wahren Dichter ausmacht und seine Poesie von der lernbaren Kunstübung des Reimeschmiedens unterscheidet. Goethe erkannte darin eine Vorform seines eigenen Verständnisses vom Dichtergenie (vgl. ders., »Erklärung eines alten Holzschnittes vorstellend Hans Sachsens poetische Sendung«, in: ders., *Gedichte 1756–1799*, hrsg. von

292 *Jener:* Jänner, Januar.
295 *on gefer:* von ungefähr, zufällig.
300 *Pey den Merckischen:* Bei den Märkischen, d. h. der Partei des Markgrafen von Brandenburg-Kulmbach.

K. Eibl, München 1987). Mit seinem schweren Ornat und zahlreichen Klassiker-Zitaten versteht sich das ›Gespräch‹ als ein Seitenstück zu den Dichterkrönungen im Bereich der lateinischen Humanistenpoesie. Hans Sachs sieht sich zum Dichter berufen, die *teutsch poeterey* ist ihm als lebenslanger *dienst* aufgetragen (V. 108–110). Er gibt dem Traumgespräch autobiografisch programmatische Züge, indem er es ins Jahr 1513 verlegt, also an den Beginn seines Schaffens. Die *summa all meiner gedicht* (s. S. 21) hat es 1514 einsetzen lassen. – Die klassischen neun Musen sind Clio (Geschichte und Nachruhm), Euterpe (Tonkunst), Melpomene (tragische und lyrische Dichtkunst), Thalia (heitere Dichtkunst), Polyhymnia (Beredsamkeit und Mimik), Erato (Liebespoesie), Terpsichore (Tanz), Urania (Sternkunde) und Kalliope (epische Dichtkunst). Sachs lässt sie als allegorische Gestalten auftreten, konfrontiert sie mit Frau Ehre und dem Dichter-Ich und interpretiert die von ihnen verliehenen Gaben auf eigene Weise: »Kunstwollen, Arbeitsamkeit, tägliche Übung, Regelkenntnis, Erfindungsgabe, religiös fundierte Fähigkeit, Gut und Böse zu unterscheiden, und schließlich ein verständlicher und gefälliger Stil« (Bernstein).

Der Abdruck folgt: KG 7, 202–210.

Literatur: E. Bernstein, *Hans Sachs*, Reinbek bei Hamburg 1993, S. 26–28. – J. Haustein, »Über Goethes ›Erklärung eines alten Holzschnittes vorstellend Hans Sachsens poetische Sendung‹«, in: *Archiv für das Studium der neueren Sprachen und Literaturen* 231 (1994) S. 1–21. – H. Kugler, »Über Goethe und Sachs«, in: *Das Röllwagenbüchlein. Festschrift für Walter Röll*, Trier 2002, S. 239–249.

Ein gesprech.
Die neun gab Muse oder kunst-göttin betreffend.

Als man zelt fünffzehundert jar
Unnd dreyzehene, als ich war
Zu Wels in gantz blüender jugent,
Mein sinn sich her und wider wugent,
Auff was kurtzweil ich solt begeben
Forthin durch-auß mein junges leben
Neben meiner handt-arbeit schwer,
Die doch nützlich und ehrlich wer,
Weil ich in kurtz verschinnen jarn
Het als ein jüngeling erfahrn
In gsellschaft mancherley untrew,
In bulerey schandt und nachrew,
In trunckenheyt schwechung der sin,
In spil hader und ungwin,
In fechten, ringen neyd und Hass,
In saittenspil verdruß der maß.
Was kurtzweil menschlich hertz erfrewt,
Darinn sich üben junge lewt,
Iedes sein nachgreyß mit im bracht.
Des wurdens all von mir veracht.
In solchen schweren phantasiren
Gieng ich hin für das thor spaciren
Uber ein wasser (heist die Traun)
Und kam für ein runden liecht-zaun,
Der umbfieng des keysers thiergarten.
Darin lieffen nach allen arten.
Vil künlein sach ich gaylend hupffen,
Auß und ein in ir hölen schlupffen:

4 *wugent:* (sie) wogen; Infinitiv wiegen.
9 *verschinnen:* vergangen.
23 *Traun:* Nebenfluss der Donau in Oberösterreich; oder Nebenfluss der Alz, östlich des Chiemsees.
24 *liecht-zaun:* schmaler, undurchflochtener Zaun.
27 *künlein:* küniglein: Kaninchen. – *gaylend:* ausgelassen.

Aller farb, rot, graw, weiß und schwartz.
An dem wasser gieng ich auffwartz
Durch ein gestreuß, da ich mit wunnen
Erfand den aller-külsten brunnen
Auß eim felß fliessen in ein merbel,
Darinn das wasser macht ein werbel.
Umb den brunnen war ein geheuß
Selb gewachsen mit dem gestreuß.
Das gab darum ein dunckel schatten.
Das graß mit blümlein, klee und schlatten
Lustig gezieret hat das plönlein.
Da hört ich manig süsses dönlein
Von dem geflügel hin und wider.
Ich legt mich zu dem brünlein nider
In den gedancken tieff entzucket,
Gleich sam in einem traum entnucket.
Als ich nun lag in dem geträcht,
Hört ich umb mich ein leyß gebrächt
Mit wechsel-worten rund und scharff.
In dem mein augen ich auff-warff,
Da stunden zirckel-rund umb mich
Neun weiblein, zart und adelich,
In fliegender subtiler seyden
Bekleyd, in farben unterscheiden,
Mit rottem golde druch-florieret,
Nach heydenischer art gezieret.
Iede het auff irem haubt gantz
Von laurea ein grünen krantz

31 *gestreuß:* Gestrüpp.
33 *merbel:* Marmor.
38 *schlatten:* Schilfrohre.
39 *plönlein:* plon: Plan, Platz, also: kleiner Platz.
44 *entnucket:* entnucken: einschlummern.
45 *geträcht:* Trachten (Betrachten).
46 *gebrächt:* Gelärme.
52 *unterscheiden:* verschieden.
56 *laurea:* Lorbeer.

Mit drey gülden häfftlein geetzet,
Köstlich mit edlem gstein versetzet,
Darob ein seyden weiß durchsichtig.
Ir schmuck war gantz köstlich und wichtig.
Mit scharffen augen, spehen sinnen
Und bleicher farb sie all erschinnen.
Mein hertz in wunder war durch-fewert,
Mein haupt in die recht hand ich stewert,
Bedorfft ir keine mehr an-sehen.
Ir eine ward sich zu mir nehen.

Clio, die erst Muse, spricht.
Sprach: O jüngling, was bist bekümmert?
Wer hat dein gmüt so har zetrümmert?
Was ligt dir an für ungemach?

Der jüngling spricht.
Schamrot ein klein ich sie an-sach.
Als ich hört ir anred so gütig,
Fieng ich ein hertz und ward großmütig,
Sprang auff mein füß und neiget in
Und sprach: Ich hab hertz, mut und sin
Von allen freuden abgewendt,
Weil sie bringen ein bitter endt,
Und hab mich einsam hinter-dacht
Nach einer kurtzweil hoch-geacht,
die mir doch nutz und ehre brecht.

57 *Mit … häfftlein geetzet:* mit Nadeln befestigt.
61 *spehen:* speh, spech: vorausschauend, klug.
65 *Bedorfft:* bedürffen: etwas wagen.
66 *ward … sich nehen:* näherte sich.
68 *har:* hart?
70 *ein klein:* eine kleine Weile.
72 *großmütig:* mutig.
73 *neiget in:* verneigte mich vor ihnen.

Clio, die erste Muse spricht.
Die erst anwort: O jüngling recht,
Ist diese ursach dein beschwerden,
Von uns mag dir geholffen werden.

Der jüngling spricht
Ich sprach: Ir engelischen bild,
Sagt, wer ir seyd, durch ewer mild!

Clio, die erste Muse spricht.
Sie sprach: Hastu bey deinen tagen
Von den neun Muse hören sagen
In Griechen beim berg Pernaso?
Die seyen wir. Erst ward ich fro.

Der jüngling spricht.
Bog in meine knie züchtigklich,
Sprach: Ir göttin, es wundert mich,
Was ir hie sucht im teutschen landt.

Clio, die erste Muse, spricht
Die erst sprach: Uns hat auß-gesandt
Apollo und Pallas die zeit,
Die hohen götter der weißheit,
Ihn etlich diener zu bestellen.
Ob du nur selber wilt, so wöllen
Wir dich zu eim diener auff-ziehen,
Weil du thust ander kurtzweil fliehen,
so du ir eytelkeyt empfinst.

Der jüngling spricht.
Ich sprach: Ernennt mir den dienst,

---

84 *durch ewer mild:* um eurer Milde willen.
87 *Griechen:* Griechenland.

Wo ich armer darzu wer tüglich!
Was mir denn wer zu thun vermüglich,
Verbrächt ich mit dem höchsten fleiß
Den göttern der weißheit zu preiß.
Ich fragt weder nach mühe noch lon.

Clio, die erste Muse, spricht.
Die göttin sach mich freundtlich on
Und sprach: O jüngling, dein dienst sey,
Das dich auff teutsch poeterey
Ergebst durch-auß dein leben lang,
Nemblichen auff meistergesang,
Darinn man fürdert Gottes glori,
An tag bringst gut schriftlich histori,
Dergleichen auff trawrig tragedi,
Auf spil und fröliche comedi,
Dialogi und kampff-gesprech,
Auff wappenred mit worten spech,
Der fürsten schilt, wappen pleßmiren,
Lobsprüch, die löblich jugent zieren,
Auch aller art höflich gedicht
Von krieg und heydnischer geschicht,
Dergleich auff thön und melodey,
Auff fabel, schwenck und stampaney,
Doch alle unzucht auß-geschlossen,
Darauß schandt und ergernuß brossen.
Da wird für dich ein kurtzweil gut,
Die dir gibt freudt und hohen mut.
Dardurch wirst du in deinen jarn
Still, ein-gezogen und erfahrn,

---

101 *tüglich:* tauglich.
102 *vermüglich:* kräftig, arbeitsfähig.
106 *on:* an.
111 *glori:* Ruhm.
117 *pleßmiren:* ausmalen (franz. *blasoner*). Sachs führt Auftragsdichtungen von Spruchsprechern und Herolden mit auf.
122 *stampaney:* Tanzlied.
124 *brossen:* Knospen schlagen, austreiben.

Bewaret vor vil ungemach.
Auch volgt der kunst die ehre nach,
Die ir hat vil gekrönt mit lob.

Der jüngling spricht.
Ich sprach: Ir göttin, vil zu grob
Ich bin, ein jüngling bey zweintzig jarn,
Der poeterey gantz unerfarn,
Hab keiner kunst mich angenommen.
Die poeten von himel kommen,
Wie von in sagt Ovidius.
Deshalb ich mich verzeihen muß
Der kunst. Gott danck euch aller ehren!
Neygt mich und thet von dannen keren
Mit seufftzendem hertzen und mundt.
Sie aber stunden zirckel-rundt
Zusam, hetten ein kurtz gesprech.

Clio, die erste Muse.
Mir wider-rufft die göttin wech
Und sprach: O jüngeling, ob dir
Haben ein groß mitleyden wir.
Wiltu, so wöll wir dich begaben
Mit den neun gaben, die wir haben,
Darmit wir vor begaben thetten
Griechisch und lateinisch poeten,
Dergleich vil teutscher im Teutschlandt.
Ist meister Hans Foltz dir bekannt
Und etlich mehr bey deiner zeit?
Wilt annemen die dienstbarkeit,

---

131 *ir:* ihrer (Gen. Pl.).
138 *verzeihen:* entziehen.
144 *wech:* vornehm, zart.
145 *ob dir:* deinetwegen.
149 *vor:* vordem, früher.

So trit ein wenig uns neher baß!
Empfach die gab nach deiner maß!

Der jüngling spricht.
Balt trat ich mitten unter sie
Und fiel nider auff meine knie
Und sprach: Ir göttin ausserwelt,
Nun thut an mir, was euch gefelt!
In ewren dienst bin ich ergeben.
Mein hertz ward hoch in freuden schweben,
Ward all meins hertzensleids beraubt,
Mir legt zwen finger auff mein haubt.

Clio, die Muse spricht.
Clio, die göttin, sprach: Nimb hin!
Ich gib dir in den mut und sin
Ein bestendig, volkummen willen
Zu disen löblichen, subtilen
Künsten gemelter poeterey,
Der dir forthin wont alzeyt bey.

Euterpe, die ander Muse, spricht.
Euterpe: die ander, zu mir
Sprach: Ich gib dir lust und begir,
Wolgefallen, lieb, freud und gunst
Zu dieser hochgelobten kunst
Darinn du dich forthin erfrewst,
Darmit all trawrikeyt zerstrewst.

---

155 *baß:* besser.
156 *empfach:* empfange.
165 *Clio:* die Muse der Geschichte und des Ruhms.
169 *gemelter:* gemeldeter, oben angegebener.
171 *Euterpe:* die Muse der Tonkunst.

Melpomene, die drit Muse, spricht.
Melpomene, die dritt, in weiß
Sprach: So gib ich dir hohen fleiß
Zu dieser künsten grundt-erfarung,
An mühe und arbeyt gar kein sparung,
Anhalten mit hören und lesen,
Biß du ergreiffst ir gantzes wesen.

Thalia, die vierdt Muse, spricht.
Thalia, die vierdt, sprach: So dir
Die annemung des wercks von mir.
Greiffs kecklich an! hab kein betrübung!
So du bringst in tägliche übung,
Ein stück dem andern beut die hendt,
Wie du erfaren wirst am endt.

Polimnia, die fünfft Muse, spricht.
Polimnia, die fünfft, auß lieb
Sprach: ein nach-dencken ich dir gieb,
Ein bewegen und reguliern,
Ein außtheylen und ordiniern
Ein ieder materien sum,
Wer, was, wie, wo, wenn und warum.

Erato, die sechst Muse, spricht.
Erato, die sechßt auß ir zunfft,
Sprach : Ich gib dir scherpff und vernunfft,

---

177 *Melpomene:* die Muse der tragischen und lyrischen Dichtkunst.
183 *Thalia:* die Muse der heiteren Dichtkunst.
187 *beut:* bietet.
189 *Polimnia:* Polyhymnia: die Muse der Beredsamkeit und Mimik.
193 *Ein ieder materien sum:* die Summe einer jeden Materie.
195 *Erato:* die Muse des Liebeslieds und der Erfindungskunst.
196 *scherpff:* Klarheit.

Zu erfinden und speculiern,
Zu mindern und zu appliciern
Nach rechter art ieden sententz
Durch vernünfftig experientz

Therpsicore, die sibend Muse, spricht.
Therpsicore, die sibend meid,
Sprach: So gib ich dir unterscheid
Eins ieden dings ware erkenntnus,
Durch ein klare, lautre verstendtnus
Alle ding gründtlich zu probiern,
All materie zu judiciern.

Urania, die achte Muse, spricht.
Urania, die achte, sprach:
Himmlisch weißheit gib ich hernach,
Das gut auß bösem zu erwehln,
Das unnütz von nützen zu schehln,
Auff das gut poetisch gedicht
Durch faul sentenz nit werd vernicht.

Caliope, die neundt Muse, spricht.
Caliope so sprach, die neund:
so gib ich dir, mein lieber freund,
Ein stilum, den weisen gefellig,
Ein auß-sprechen süß und holdselig,
Verstendig, deutlich, on als stamlen;
Mit schönen lustigen preamlen
Werden all dein gedicht gezierdt,
Frey springend, wo man die scandiert.

---

198 *appliciern:* hinzufügen.
199 *sententz:* Lehrsatz.
200 *experientz:* Erfahrung.
201 *Therpsicore:* Terpsichore, die Muse des Tanzes.
206 *judiciern:* beurteilen.
207 *Urania:* die Muse der Sternkunde.
213 *Caliope:* Kalliope, die Muse der epischen Dichtung.
215 *stilum: stilus* (lat.) ›Schreibstil‹.

Clio, die erst Muse, spricht.
Nach dem fieng Clio wider an,
Sprach: O jüngling, nun solt auffstan.
Nun hast unser neun eygenschafft
Empfangen ein verschmack und safft
Und bist zu diener auffgenommen.
Wo du dem trewlich nach wirst kommen,
Nemlich das all deine gedicht
Zu Gottes ehr werden gericht,
Zu straff der laster, lob der tugendt,
Zu lehre der blüenden jugendt,
Zu ergetzung trawriger gmüt,
Iedes nach art, durch unser güt
Wöll wir dich entlichen belönen,
Mit untödtlichen ehren krönen,
Als einem dichter thut gebüren.
Doch thu geloben und anrüren.
Ein trewen dienst, als dir gebürt!
Frölich stund ich auff und anrürt,
Mich gutwillig gen in erzeiget.
Zu hohem danck ich in fast neiget.
Ir heupter sie mir neigen gunden
Und in dem augenblick verschwunden
Vor mir die ausserwelten docken.

Beschluß.
Mein hertz in jubel ward frolocken.
Lieff heim und gar bald repetiert.
Die gab der Muse ordiniert,
Braucht die, wie sie mir geben warn,
Durch die ich hernach in vil jarn
Gemacht hab manig gedicht
Auff allerley art zu-gericht,

---

243 *docken:* docke: Zierpuppe, Mädchen.
245 *repetiert:* wiederholt.

Bey fünff tausenten oder mehr.
Gott sey allein lob, preiß und ehr,
Wellicher sein geschenck und gab
So wunderbar geußt herab
Auff alles fleisch mancherley weyß,
Auff das sein göttlich lob und preyß
Bey allen menschen aufferwachs
Durch seine gab! Das wünscht Hanns Sachs.

Anno salutis 1536, am 25 tag Augusti.

Das Schlaraffenland

Der *sluderaffe* ist erstmals im 15. Jahrhundert belegt als Schimpfwort für einen Müßiggänger, der sich dem *sludern*, dem Herumschlendern und Herumschludern, verschrieben hat. In der Vorstellung vom Schlaraffenland sind alte Topoi vom irdischen Paradies mit sagenhaften Nachrichten über neu entdeckte Länder zusammengeflossen. Das Gedicht untergliedert sich in zwei gleich große Partien. Die erste Hälfte (bis V. 54) präsentiert die materielle Ausstattung des Landes, die zweite Hälfte beschreibt, was man darin alles tun und lassen kann. – Der Abdruck folgt Goetze/Drescher, *Sämtliche Fabeln und Schwänke*, Bd. 1, Nr. 4.

Das Schlauraffen Landt.

Ain gegent haist Schlauraffen land,
Den faulen leuten wol bekant,
Das ligt drey meyl hinder Weyhnachten.
Vnd welcher darein wölle trachten,

Der muß sich grosser ding vermessn
Vnd durch ein Berg mit Hirßbrey essn,
Der ist wol dreyer Meylen dick.
Als dann ist er im augenblick
Inn den selbing Schlauraffen Landt,
Da aller Reychthumb ist bekant.
Da sind die Heuser deckt mit Fladn,
Leckuchen die Haußthür vnd ladn,
Von Speckuchen Dielen vnd wend,
Die Tröm von Schweynen braten send.
Vmb yedes Hauß so ist ein Zaun,
Geflochten von Bratwürsten braun.
Von Maluasier so sindt die Brunnen,
Kommen eim selbs ins maul gerunnen.
Auff den Tannen wachssen Krapffen,
Wie hie zu Land die Tannzapffen.
Auff Fichten wachssen bachen schnittn.
Ayrpletz thut man von Pircken schüttn.
Wie Pfifferling wachssen die Fleckn,
Die Weyntrauben inn Dorenheckn.
Auff Weyden koppen Semel stehn.
Darunter Pech mit Milich gehn;
Die fallen dann inn Pach herab,
Das yederman zu essen hab.
Auch gehen die Visch inn den Lachn
Gsotten, Braten, Gsulzt vnd pachn

---

9 *selbing:* selbig.
14 *Tröm:* tram: Balken.
17 *Maluasier:* Malvasier, südgriechischer Wein.
21 *bachen:* gebackene.
22 *Ayrpletz:* Eierkuchen.
23 *Fleckn:* vleck: tellerförmiges flaches Brot.
26 *Pech:* Bäche.
29 *Lachn:* Lache: Pfütze, Teich.
30 *Gsulzt:* gesalzen.

Vnd gehn bey dem gestat gar nahen,
Lassen sich mit den henden fahen.
Auch fliegen vmb (müget jr glaubn)
Gebraten Hüner, Genß vnd Taubn.
Wer sie nicht facht vnd ist so faul,
Dem fliegen sie selbs in das maul.
Die Sew all Jar gar wol geratn,
Lauffen im Land vmb, sind gebratn.
Yede eyn Messer hat im rück,
Darmit eyn yeder schneydt eyn stüc
Und steckt das Messer wider dreyn.
Die Creutzkeß wachssen wie die steyn.
So wachssen Bawern auff den bawmen,
Gleych wie in vnserm land die pflaumen.
Wens zeytig sind, so fallens ab,
Yeder in ein par Stiffel rab.
Wer Pferd hat, wird ein reycher Mayer,
Wann sie legen gantz körb vol Ayer.
So schüt man aus den Eseln Feygn.
Nicht hoch darff man nach Kersen steign,
Wie die Schwartzper sie wachssen thun.
Auch ist in dem Land ein jungkbrun,
Darinn verjungen sich die altn.
Vil kürtzweyl man im Land ist haltn:
So zu dem zyl schießen die gest,
Der weytst vom blat gewint das best;
Im lauffen gwindt der letzt alleyn.
Das Polster schlaffen ist gemeyn.
Jr Weydwerck ist mit Flö vnd Leusn,
Mit Wantzen, Ratzen vnd mit Meusn.

---

31 *gestat:* Gestade, Ufer.
42 *Creutzkeß:* mit einem Kreuz bezeichneter Käse des Klosters zum heiligen Kreuz in Donauwörth.
50 *Kersen:* Kirschen.
51 *Schwartzper:* Heidelbeeren.

Auch ist im Land gut gelt gewinnen:
Wer sehr faul ist vnd schlefft darinnen,
Dem gibt man von der stund zwen pfennig,
Er schlaff jr gleych vil oder wenig.
Ein Furtz gilt einen Binger haller,
Drey gröltzer einen Jochims Thaler.
Vnd welcher da seyn gelt verspilt,
Zwifach man jm das wider gilt.
Vnd welcher auch nicht geren zalt,
Wenn die schuldt wird eins Jares alt,
So muß jm jener darzu gebn.
Vnd welcher geren wol ist lebn,
Dem gibt man von dem trunck ein patzn.
Vnd welcher wol die leut kan fatzn,
Dem gibt man ein Plappert zu lohn.
Für eyn groß lüg geyt man eyn Kron.
Doch muß sich da hüten ein Man,
Aller vernunfft gantz müssig stan.
Wer synn vnd witz gebrauchen wolt,
Dem wurd keyn mensch im lande holdt,
Vnd wer gern arbeyt mit der handt,
Dem verbeut mans Schlauraffen landt.
Wer zucht vnd Erbarkeyt het lieb,
Denselben man des Lands vertrieb.
Wer vnnütz ist, wil nichts nit lehrn,
Der kombt im Land zu grossen ehrn;

---

65 *Binger haller:* schwerer Heller, wie er am Rheinzoll bei Bingen gezahlt werden musste.

66 *gröltzer:* Rülpser. – *Jochims Thaler:* Joachimsthaler, nach der böhmischen Stadt Joachimsthal.

68 *wider gilt:* zurückzahlt.

73 *patzn:* Batzen: kleine Münze der Stadt Bern mit dem Wappentier (Bär ›betz‹).

74 *fatzn:* zum besten haben.

75 *Plappert:* Plappart: 3 Kreuzer.

76 *Kron:* Kronentaler.

85 *lehrn:* lernen.

Wann wer der faulest wirdt erkant,
Derselb ist König inn dem Landt.
Wer wüst, wild vnd vnsinnig ist,
Grob, vnuerstanden alle frist,
Auß dem macht man im Land ein Fürstn.
Wer geren ficht mit Leberwürstn,
Auß dem ein Ritter wird gemacht.
Wer schlüchtisch ist vnd nichtzen acht,
Dann essen, trincken vnd vil schlaffn,
Auß dem macht man im land ein Graffn.
Wer tölpisch ist vnd nichssen kan,
Der ist im Land ein Edelman.

Wer also lebt wie obgenant,
Der ist gut ins Schlauraffen Landt,
Das von den alten ist erdicht,
Zu straff der jugent zu gericht,
Die gwönlich faul ist vnd gefressig,
Vngeschickt, heyloß vnd nachlessig,
Das mans weiß ins land zu Schlauraffn,
Damit jr schlüchtisch weyß zu straffn,
Das sie haben auff arbeyt acht,
Weyl faule weyß nye gutes bracht.

Anno Salutis 1530.

---

89 *vnsinnig:* unsinnig, toll.
90 *vnuerstanden:* unverständig. – *alle frist:* alle Zeit.
94 *schlüchtisch:* liederlich. – *nichtzen:* nichts.
105 *weiß:* weise, schicke.

Sankt Peter mit den Lanzknechten im Himmel

Der Abdruck folgt Goetze/Drescher, *Sämtliche Fabeln und Schwänke*, Bd. 1, Nr. 166.

Sant Petter mit den lanczknechten im himel.

Neün armer lanczknecht zogen aüs
Vnd garteten von haüs zv haüs,
Die weil kain krig im lande was.
Ains morgens früe trüeg sie ir stras
Hinaüff pis für das himel thor.
Da klopften sie auch an darfor,
Wolten auch in dem himel garten.
Sant Petter thet der pforten warten.
Als er die lanczknecht darfor sach,
Wie pald er zw dem herren sprach:
»Herr, dawsen stet ein nackate rot;
Las sie herein, es thüet in not.
Sie wolten geren hinen garten.«
Der herr sprach: »Las sie dawsen warten!«
Als nün die lanczknecht müstn harren,
Fingens an zv fluechen vnd scharren:
»Marter, leiden vnd sacrament!«
Sant Peter dieser flüech nit kent,
Maint, sie retten von gaistling dingen.
Gedacht, in himel sie zv pringen,
Vnd sprach: »O lieber herre mein,
Ich pitte dich, las sie herein!
Nie früemer leüt hab ich gesehen.«
Da wart der herr hinwider jehen:

---

2 *garteten:* bettelten.
13 *geren hinen:* hier drin.
24 *jehen:* sagen.

»O Petre, dw kenst ir nit recht.
Ich merck wol, das es sint lanczknecht,
Solten wol mit müetwilling sachen
Den himel vns zv enge machen.«
Sant Peter der pat aber mer:
»Herr, las sie herein durch dein er!«
Der herr sprach: »Dw magsts lassen rein;
Dw müst mit in pehangen sein.
Schaw, wie düs wider pringst hinaüs!«
Sant Petter war fro üeberaüs
Vnd lies die frümen lanczknecht ein.
Pald sie in himel kamen nein,
Gartens herümb pey aller welt,
Vnd pald sie zam prachten das gelt,
Knockten sie zamen auf ain plon
Vnd fingen zv vmbschanczen on;
Vnd e ain virtel stund verging,
Ein hader sich pey in anfing
Von wegen ainer vmbeschancz.
So würden sie entrüestet gancz,
Zueckten von leder allesamen
Vnd hawten da gar dapfer zamen,
Jagten einander hin vnd wider
In dem himel auf vnd auch nieder.
Sant Petter diesen straüs vernümb,
Kam, zant die lanczknecht an darümb,
Sprach: »Wolt ir in dem himel palgen?
Hebt eüch hinaus an lichten galgen!«
Die lanczknecht in düeckisch an sahen
Vnd detten auf sant Peter schlahen,

---

32 *Dw müst … sein:* Du musst mit ihnen zu schaffen haben.
39 *Knockten:* kauerten, hockten. – *plon:* plan: Platz.
40 *vmbschanczen:* würfeln.
43 *vmbeschancz:* Würfelwurf.
50 *zant … an:* anzanen: jemandem die Zähne zeigen, anfallen.
54 *schlahen:* schlagen.

Das in sant Petter müst entlawffn.
Zümb herren kam mit plassn vnd schnawffn
Vnd klagt im üeber die lanczknecht.
Der herr sprach: »Dir gschicht nit vnrecht.
Hab ich dir nit gesaget hewt,
Lanczknecht sint frech, müetwillig lewt!?«
Sant Peter sprach: »O herr, der ding
Verstünd ich nit. Hilff, das ichs pring
Hinaüs! Sol mir ein wyczung sein,
Das ich kain lanczknecht las herein,
Weil sie sint so mütwillig lewt.«
Der herr sprach: »Aim engel gepewt,
Das er ein trümel neme vor
Vnd stel sich naüs vurs himel tor
Vnd alda ainen lerman schlag!«
Sant Peter thet nach seiner sag.
Pald der engel den lerman schlueg,
Loffen die lanczknecht an verzueg
All hinaus vur das himel thor,
Mainten, ein lerman wer darfor.
Sant Peter pschlos der himel pfort
Verspert die lanczknecht an den ort,
Das seit kainer hinein ist kümen,
Weil sant Peter mit in det prümen.
Das aus dem schwanck kein vnrat wachs,
Pit vnd pegert mit fleis Hans Sachs.

Anno salutis 1556, am 19 tag May.

---

56 *plassn:* Blasen.
67 *trümel:* Trommel.
69 *lerman:* Trommelwirbel (als Angriffssignal).

FASTNACHTSSPIELE

Fastnachtsspiele sind bereits aus dem 15. Jahrhundert in reicher Zahl überliefert, vor allem aus Nürnberg. Hier verbinden sie sich vor allem mit zwei Namen: mit Hans Rosenplüt (um 1400–1460), der als *sarwürht* (Panzerhemdenmacher), Rotschmied und Büchsenmeister das Nürnberger Bürgerrecht hatte und dem etwa 60 Fastnachtsspiele zugeschrieben werden; sodann mit Hans Folz (1435/40–1513), *barbierer* (Wundarzt) und Drucker, dem die Forschung etwa 25 Fastnachtsspiele zuweist. Doch Autorenstolz ist es nicht, was diese frühen Texte charakterisiert; sie sind fast ausnahmslos anonym überliefert, wirken improvisiert und sind für improvisierte Spielstätten bestimmt. Angesiedelt im Freiraum der Volksbelustigungen vor Beginn der Fastenzeit, also zeitlich eng begrenzt und von der Obrigkeit argwöhnisch beobachtet, offerieren sie alle Varianten von Ehebruch, von betrügerischen Bauern, Geistlichen oder Weibern, von aufgeblasenen Liebhabern, Ärzten und Domherren, oder, ganz lapidar, *Ein vasnacht spil vom dreck* (*Frühe Nürnberger Fastnachtspiele*, hrsg. von K. Ridder und H.-H. Steinhoff, Paderborn 1998, Nr. 6: »Das Ungetüm«). Grobianischer Wortwitz, Gewaltphantasien, ausgesuchte Pretiosen des Obszönen und der Fäkalsprache markieren die Szene. In einsträngiger Handlung mit wenig Personal wird ein oft aggressiver Humor ausagiert.

Hans Sachs steht in dieser Tradition, führt sie aber nicht ungebrochen fort. Schon der zeitliche Abstand ist bedenkenswert. Nach zwei frühen Versuchen (*Das hoffgesindt Veneris*, 1517; *Von der eygenschafft der lieb*, 1518) folgt eine große Pause. Die meisten der 81 erhaltenen Spiele sind erst in dem Jahrzehnt zwischen 1550 und 1560 entstanden. Da hatte sich die sittenstrenge Reformation in Nürnberg längst etabliert, mit der Abschaffung der Fastenzeit hatte das wilde Faschingstreiben seine Funktion verloren. Die Stücke, auf die ›tollen Tage‹ vor Fastenbeginn nicht mehr fixiert, suchen die Bühne. Sie bieten unterhaltsam belehrende Schaustücke der ewigmenschlichen Schwächen. *Kurtzweilig* arrangiert, sollen sie die *schwermütigen hertzen zu freuden ermundern* (KG 19, 7). Sie leben vom Triumph des Missgeschicks. Satire, Sarkasmus, anarchischer Witz erhalten den Spielen ihre Grundspannung, auch wenn sie regelmäßig mit einer versöhnlichen Schlusswendung gezähmt erscheinen.

Sachs scheint in seinen letzten Lebensjahrzehnten fast zum professionellen Autor geworden zu sein, Schuster nur noch im Nebenberuf. Es gelang ihm, vom Rat der Stadt die Erlaubnis für regelmäßige Theateraufführungen zu erhalten, immerhin zweimal pro Woche in der Saison zwischen Mariä Lichtmess (2. Februar) und Weißem Sonntag (1. Sonntag nach Ostern); zunächst in der säkularisierten Marthakirche, ab 1556 im Predigerkloster. Oft stand er selbst neben seinen Handwerkskollegen, die gutteils auch Meistersinger waren, auf der Bühne. Für den Spielbetrieb schrieb er im Jahrzehnt 1550–1560 neben den Fastnachtsspielen fast hundert weitere Theaterstücke, die er als *tragedi* und *comedi* bezeichnet. Mit den Tragödien und Komödien im modernen Sinn haben sie nur den Namen gemein, ihr Unterschied definiert sich vom Spielausgang her: Eine *comedi* geht glücklich aus, in einer *tragedi* sind am Ende alle tot. Eine *Comedia* wird zum Beispiel das Spiel von der *entpfengnuß unnd geburdt Johannis und Christi* genannt. Eine *tragedi* heißt das Drama von Tristan und das von den Nibelungen. Sachs hat eine immense Fülle von geistlichen und weltlichen Stoffen dramatisch bearbeitet, Stoffe aus der zeitgenössischen Literatur, aus der Bibel, aus der Literatur des Mittelalters, soweit sie in den frühneuzeitlichen Druck gelangt war, aus der Literatur der Antike, soweit sie in Übersetzungen vorlag. Seine Intention war eine moralisch-didaktische, die Vorform eines

Konzepts, das sehr viel später »Schaubühne als moralische Anstalt betrachtet« genannt werden wird. Die *tragedi* und *comedi* haben bei der Nachwelt bis heute wenig Eindruck hinterlassen. Die gewaltigen Dramen- und Epenstoffe wie der Trojanische Krieg oder die Orestie, in das Korsett der Knittelverse gedrängt und auf maximal tausend Reime beschränkt, wirken unglücklich und zuweilen unfreiwillig komisch. Vital geblieben sind demgegenüber eine ganze Reihe der Fastnachtsspiele. Ihre Sujets waren schlank, ihre Handlung und ihr Personal übersichtlich; ihnen erscheint der Sachssche Knittelvers angemessen. Die neuzeitliche Forschung hat die Fastnachtsspiele fast immer strikt getrennt vom übrigen dramatischen Œuvre des Autors, hat sie als eine völlig separate Gattung behandelt. In den Augen des Hans Sachs dürfte das ein Missverständnis sein. Für seine »theatralische Sendung« gehören Tragedis, Comedis und Fastnachtsspiele zusammen, sie verfolgen mit verschiedenen Mitteln dasselbe Ziel: Aufklärung über die Natur des Menschen mit einer lächelnden Hoffnung auf Besserung. Mit dem Faschingsbrauchtum haben seine Fastnachtsspiele nichts mehr zu tun. Sie sind eher den Kleinformen eines Theaterrepertoires an die Seite zu stellen, mit einer relativ breiten Palette: von der szenischen Lesung über die Farce bis zum Lustspiel.

Einige bekannte Stücke sind hier nicht aufgenommen, weil sie in der von Walter und Dieter Wuttke herausgegebenen Sammlung *Fastnachtspiele des 15. und 16. Jahrhunderts* (Reclams Universal-Bibliothek, 9415) leicht zugänglich sind: »Das Kälberbrüten« – »Das Teufelsbannen« – »Der gestohlene Schinken« – »Der Eifersüchtige« – »Eulenspiegel und des Pfaffen Haushälterin« – »Der Tod im Baumstumpf« – »Der Neidhart mit dem Veilchen«.

Der fahrende Schüler im Paradies

Der ›fahrende Scholar‹, das heißt der Student, der immer unterwegs zur Universität ist und dabei auf Mittel und Wege sinnt, sein Studium weiterzufinanzieren, ist eine Lieblingsgestalt bereits der mittelhochdeutschen Verserzählungen. Die klassische Dreiecks-Konstellation Student (oder Geistlicher) – Bäuerin – Bauer wurde in anderen Erzählungen gern für einen Ehebruchschwank genutzt: Die Bäuerin lässt sich vom Studenten verführen, und der Bauer bleibt der Dumme. Der Name Paris stand im Mittelalter für die bedeutendste aller Universitäten, besonders die theologische Fakultät. Den fahrenden Schüler muss man sich als Theologiestudenten denken. Bei dem Stück lohnt es sich, die Versproportionen zu beachten: Nach etwa 110 Versen hat die Bäuerin den Schüler ausgerüstet, nach weiteren 110 Versen der Bauer. Der ›Drehpunkt‹ befindet sich genau in der Mitte des 300 Verse langen Spiels: Um Vers 150 herum gibt der Bauer vor, den Schüler noch besser ausstatten zu wollen – was er nachher auch unfreiwillig tut. – Der Abdruck folgt Goetze, *Sämmtliche Fastnachtsspiele*, Bd. 2, Nr. 22.

Faßnacht spiel mit 3 Personen:
Der farendt Schuler im Paradeiß

Die Person inn das Spiel:

Der farendt Schuler	*1*
Der Pawr	*2*
Die Pewrin	*3*

Die Pewrin gehet ein vnnd spricht:
Ach wie manchen seufftzen ich senck,
Wenn ich vergangner zeit gedenck,

Da noch Lebet mein erster Man,
Den ich ye lenger lieb gewan,
Dergleich er mich auch wiederumb,
Wann er war einfeltig vnd frumb.
Mit jm ist all mein frewdt gestorben,
Wie wol mich hat ein andr erworben.
Der ist meimb ersten gar vngleich,
Er ist karg vnd wil werden Reich,
Er kratzt vnd spardt zusam das gut,
Hab bey jm weder frewdt noch mut.
Gott gnad noch meinem Man, dem alten,
Der mich viel freundtlicher thet halten;
Kündt ich jm etwas guts noch than,
Ich wolt mich halt nit saumen dran.

Der farendt Schuler gehet ein vnnd spricht:
Ach liebe Mutter, ich kumb herein,
Bit, laß mich dir befolhen sein,
Mit deiner milten handt vnd gab;
Wann ich gar viel der künste hab,
Die ich in Büchern hab gelesen.
Ich bin in Venus berg gewesen,
Da hab ich gsehen manchen Buler;
Wiß, ich bin ein farender Schuler
Vnd fahr im Lande her vnd hin
Von Pariß ich erst kummen bin
Itzundt etwa vor dreien tagen.

Die Pewrin spricht:
Secht, lieber Herr, was hör ich sagen,

9 *meimb:* meinem.
15 *than:* tun.
22–23 *Ich bin in Venus berg … Buler:* Anspielung auf die Sage vom Tannhäuser, der sich im Venusberg dem erotischen Leben hingab und damit sein Seelenheil aufs Spiel setzte.

Kumbt jr her auß dem Paradeiß?
Ein ding ich fragen muß mit fleiß,
Habt jr mein Man nicht drin gesehen?
Der ist gestorben in der nehen,
Doch vast vor einem gantzen Jar,
Der so frumb vnd einfeltig war;
Ich hoff je, er sey drein gefaren.

Der farendt schuler spricht:
Der Seel so viel darinnen waren;
Mein Fraw, sagt, was hat ewer Man
Für kleider mit jm gfürdt daruan?
Ob ich jn darbey möcht erkennen.

Die Pewrin spricht:
Die kan ich euch gar baldt genennen:
Er het ach auff ein plaben hut
Vnd ein leilach, zwar nit vast gut,
Darmit hat man zum grab besteht.
Kein ander kleidung er sunst het,
Wenn ich die warheit sagen sol.

Farendt schuler spricht:
O liebe Fraw, ich kenn jn wol,
Er geht dort vmb ohn hossn vnd schuch,
Vnd hat ahn weder hem noch bruch,
Sonder wie man jn legt ins grab;
Er hat auff seinen hut blietschplob

---

32 *in der nehen:* in der nahen Zeit, kürzlich.
34 *einfeltig:* einfach, schlicht.
38 *daruan:* davon.
41 *plaben:* bla, blab: blau.
42 *leilach:* Leintuch. – *vast:* sehr.
43 *besteht:* (ihn) bestattet.
48 *bruch:* kurze Hose, Unterhose.
50 *blietschplob:* blitzblau.

Vnd thut das leilach vmb sich hüllen.
Wenn ander brassen vnd sich füllen,
So hat er gar kein pfenning nicht.
Als denn er so sehnlich zusicht
Vnd muß nur des Almusen leben,
Was jm die andern Seelen geben;
So ellendt thut er dort vmbgan.

Die Pewrin spricht:
Ach, bist so ellendt dort mein Man,
Hast nit ein pfenning in ein badt?
Nun ists mir leidt, auch jmmer schadt,
Das du solt solche armut leiden.
Ach, lieber Herr, thut mich bescheiden,
Wert jr wider ins Paradeiß?

Der farendt Schuler spricht:
Morgen mach ich mich auff die reiß,
Vnd kumb hienein in viertze tagen.

Die Pewrin spricht:
Ach, wolt jr etwas mit euch tragen,
Ins Paradeis bringen meim Man?

Der farendt Schuler spricht:
Ja, Fraw, ich wil es geren than,
Doch was jr thon welt, thut mit eil.

Die Pewrin spricht:
Mein Herr, verziecht ein kleine weil,
Zu sammen wil das suchen ich.

---

62 *mich bescheiden:* mir Bescheid geben, sagen.
63 *Wert … Paradeiß?:* ergänze: reisen.

Sie geht auß.
Der farendt Schuler redt mit jm selb vnnd spricht:
Das ist ein recht einfeltig Viech
Vnd ist gleich eben recht für mich,
Wenn sie viel gelts vnd kleider brecht,
Das wer für mich als gut vnd recht,
Wolt mich baldt mit trollen hienauß,
Eh wann der Pawer kemb ins Hauß.
Er wirt mir sunst mein sach verderben;
Ich hoff, ich wöl den alten erben.

Die Pewrin bringet jhm ein pürlein vnd spricht:
Mein Herr, nun seit ein guter pot,
Nemet hin die zwölff gülden rot,
Die ich lang hab gegraben ein
Da aussen in dem Kuestal mein,
Vnd nemet auch das pürlein ahn
Vnd bringt das alles meinem Man
In jene Welt ins Paradeiß,
Darinn er finden wirt mit fleiß
Zu einem rock ein plobes tuch,
Hossen, joppen, hemb vnd bruch,
Sein taschen, stiffl, ein langes messer.
Sagt jm, zum nechsten wers noch besser,
Ich wil jn noch mit Gelt nit lassen.
Mein Herr, fürdert euch auff der strassen,
Das er baldt auß der armut kumb,
Er ist je einfeltig vnd frumb,
Ist noch der liebst vnter den zweien

---

79 *erben:* beerben.
80 *pürlein:* ›Bürdelein‹, Bündel. – *pot:* Bote.
92 *noch:* auch fernerhin.

Der farendt schuler nimmet das bürlein vnnd spricht:
O wie wol wirt ich jn erfrewen,
Das er mit andern am Feyrtag
Etwan ein vrten trincken mag,
Auch spiln vnd ander kürtzweil treiben.

Die Pewrin spricht:
Mein Herr, wie lang wert jr auß bleiben,
Das jr mir bringt ein botschafft wider?

Der farendt Schuler spricht:
O ich kumb so baldt nicht herwider,
Wann der weg ist gar hardt vnd weit.

Die Pewrin spricht:
Ja so möcht jm in mitler Zeit
Etwan wiederumb gelts gebrechen
Zu baden, spielen vnd Wein zechen,
Bringt jm auch die alt behmisch groschen.
Wenn wir nun haben außgetroschen,
Kan ich baldt wider gelt abstelen,
Vnd das vor meinem Man verhelen,
Das ichs in dem Küstal ein grab
Wie ich auch diß behalten hab.
Seht, habt euch den Taler zu lahn
Vnd grüst mir fleissig meinen Man

Der farendt schuler gehet ab.
Die Pewrin hebet ahn zu singen laut:
Pawren Meidlein, laß dirs wolgefallen.

99 *vrten:* urte, ürte: Zeche, Zechgelage.
114 *lahn:* Lohn, Belohnung.

Der Pawr kummet vnnd spricht:
Alta, wie das so frölich bist,
Sag mir baldt, was die vrsach ist?

Die Pewrin spricht:
Ach lieber Man, frew dich mit mir,
Groß freudt hab ich zu sagen dir.

Der Pawer spricht:
Wer hat das Kalb ins aug geschlagen?

Die Pewrin spricht:
Ach sol ich nit von wunder sagen?
Ein farendt Schuler mir zu frummen
Ist auß dem Paradeiß herkummen,
Der hat mein alten Man drin gsehen,
Vnd thut auff seinen Aidt verjehen,
Wie er leidt so grosse armut,
Hab nichts den seinen ploben hut
Vnd das leilach in jener Welt,
Weder rock, hosen oder gelt.
Das glaub ich wol, das er nichts hab,
Denn wie man jn legt in das grab.

Der Pawr spricht:
Wolst nicht etwas schicken deim Man?

Die Pewrin spricht:
O lieber Man, ich habs schon than,
Jm geschickt vnser blabes tuch,
Hosen, joppen, hemb, stiffl vnd bruch,

---

121 *Wer … geschlagen?:* Ergänze: Dass es so wild herumspringt?
123 *zu frummen:* zu Nutz und Frommen.
126 *verjehen:* bekennen.

Auch für ein gülden kleines gelt,
Das er jms brecht in jene Welt.

Der Pawr spricht:
Ey, du hast der Sach recht gethan.
Wo ist hienauß zogen der Man,
Den du die ding hast tragen lassen?

Die Pewrin spricht:
Er zog hienauß die vntern strassen,
Es tregt der Schuler hoch erfarn
An seinem hals ein gelbes garn
Vnd das pürlein auff seinem rück.

Der Pawr spricht:
Ey nun walt dein als vngelück,
Du hast jm zu weng geltes geben,
Er kan nit lang wol daruon leben.
Geh, heiß mirs Roß satteln bey zeiten,
Ich wil jm gehn eilendt nach reiten,
Jm noch ein zehen gülden bringen.

Die Pewrin spricht:
Mein Mann, hab danck mit diesen dingen,
Das du meimb altn bist günstig noch!
Wils Gott, ich wils verdienen doch,
Dir auch nach schicken meinen schetz.

Der Pawr spricht:
Was darff es viel vhnnütz geschwetz?
Geh, heiß mirn Knecht satteln das Roß,
Eh dann der frembt kum an das moß.

---

144 *garn:* Garn, Faden, als Abzeichen eines Studenten.
155 *schetz:* Schatz, Geld.
158 *moß:* Moor.

Die Pewrin gehet nauß.
Der Pawr spricht zu jhm selb:
Ach, Herr Gott, wie hab ich ein Weib,
Die ist an Seel, vernunfft vnd leib
Ein Dildap, Stockfisch, halber Nar,
Jrs gleich ist nit in vnser Pfarr,
Die sich lest vber reden leider,
Vnd schickt jrem Man gelt vnd kleider,
Der vor eim Jar gestorben ist,
Durch des farenden Schulers list.
Ich wil nach reitn, thu ich jn erjagen,
So wil ich jm die haudt vol schlagen,
Jn niderwerffen auff dem feldt,
Jm wider nemen Kleidr vnd Gelt,
Darmit wil ich denn heimwartz kern
Vnd mein Weib wol mit feusten bern,
Des ploben geben vmb die augen,
Das sie jr thorheit nit kün laugen.
Ach, ich bin halt mit jr verdorben!
Ach, das ich hab vmb sie geworben,
Das muß mich rewen all mein tag,
Ich wolt, sie het Sanct Vrbans blag.

Die Pewrin schreidt daussen:
Sitz auff, das Roß ist schon bereit.
Fahr hin, vnd das dich Gott beleidt!

Sie gehen beyde ab.
Der Farendt schuler kummet mit dem pürlein vnnd spricht:

---

161 *Dildap:* Tollpatsch.
172 *bern:* beren: schlagen.
173 *ploben:* blaue Flecke.
178 *Sanct Vrbans blag:* Veitstanz.
180 *beleidt:* beleiten: begleiten, führen.

Wol hat gewölt das glück mir heudt,
Mir ist geratn ein gute beudt,
Das ichs den Winter kaum verzehr.
Het ich der einfelting Pewrin mehr,
Die mich schickt in das Paradeiß!
Wehr schadt, das sie all weren weiß!
Botz angst, ich sie dort ein von weiten
Auff eim Roß mir eilendt nach reiten.
Ists nicht der Pawr, so ists ein blag,
Das er mirs dinglich widr abjag.
Ich wil das pürlein hie verstecken
Ein weil in diese doren hecken,
Nun kan er je mit seinem Roß
Nit zu mir reiten in das moß,
Er muß vor dem graben absteigen.
Ja er thuts gleich, nun wil ich schweigen,
Mein garn in busen schieben frey,
Auff das er mich nit kenn darbey,
Wil leinen mich an meinen stab,
Sam ich auff ein zu warten hab.

Der Pawr kumbt gespordt vnnd spricht:
Glück zu, mein liebs Menlein, glück zu!
Hast nit ein sehen lauffen du,
Hat ein gelbs strenlein an dem hals
Vnd tregt auff seinem ruck nachmals
Ein kleines pürlein, das ist plab?

186 *Wehr schadt:* Es wäre schade.
187 *sie:* sehe.
189 *blag:* Plage, Bedrohung.
190 *dinglich:* Zeug, Weißzeug.
199 *leinen:* lehnen.
200 *Sam:* gleichsam, als ob.
201 *gespordt:* gespornt.
203 *strenlein:* Strählein, Band.

Der farendt schuler spricht:
Ja, erst ich ein gesehen hab
Der laufft ein vbers moß gehn Waldt,
Er ist zwar zu ereilen baldt,
Jetzt geht er hinter jener stauden
Mit blasen, schwitzen vnd mit schnauden,
Wann er tregt an dem pürlein schwer.

Der Pawr spricht:
Es ist bey meim Aydt eben der!
Mein liebs Menlein, schaw mir zum Roß,
So wil ich zu fuß vbers moß
Dem bößwicht nach eiln vnd jn blewen,
Das jn sein leben muß gerewen,
Er sol es keinem Pfaffen beichten.

Der farendt Schuler spricht:
Ich muß da warten auff ein gweichten,
Welcher kumbt nachher in der nehen.
Wil euch dieweil zum Roß wol sehen,
Biß das jr thut herwider lencken.

Der Pawer spricht:
So wil ich dir ein Greutzer schencken.
Hüt, das mirs Pferdt nit lauffet werdt.

Der Pawer gehet ab.
Der farendt Schuler spricht:
Laufft hin, sorgt nur nicht vmb das Pfert,

---

208 *zwar:* wahrlich.
210 *schnauden:* schnaufen.
213 *schaw mir zum Roß:* schau nach meinem Ross!
215 *blewen:* verbläuen, schlagen.
218 *gweichten:* geweichter: Geweihter, Priester.
223 *lauffet werdt:* laufend werde, davonläuft.

Das jr ein schaden findet dran.
Das Roß wirt mir recht, lieber Man.
Wie frölich scheindt mir heudt das glück,
Volkummentlich in allem stück:
Die Fraw gibt mir rock, hossn vnd schw,
So gibt der Man das Roß darzw,
Das ich nit darff zu fussen gahn.
O das ist ein barmhertzig Man,
Der geht zu fuß, lest mir den Gaul,
Er weiß leicht, daß ich bin stüdtfaul.
O das der Pawr auch solcher weiß
Auch sturb vnd für ins Paradeiß,
So wolt ich gwiß von diesen dingen
Ein gute beut daruon auch bringen.
Doch wil ich nit lang mist da machen;
Wann kemb der Pawer zu den sachen,
So schlüg er mich im feld darnider
Vnd nem mir gelt vnd kleider wider;
Wil eilendt auff den Grama sitzen
Vnd in das Paradeiß nein schmitzen,
Ins wirtzhauß, da die Hüner braten,
Den Pawrn lassen im moß vmb waten.

Der farendt schuler nimmet sein pürlein, gehet ab.
Die Pewrin kummet vnd spricht:
Ach, wie ist mein Man so lang auß,
Das er nit wider kumbt zu Hauß.
Ich bsorg, er hab des wegs verfelt,
Das meimb alten nit werdt das gelt. –

---

231 *darff:* brauche.
234 *stüdtfaul:* sehr faul.
236 *für:* führe, fahre.
243 *Grama:* Grauschimmel.

Botz mist, ich hör den Schulthes blassen.
Ich muß gehn baldt mein Sew auß lassen.

Die Pewrin gehet ab.
Der Pawr kumbt, sicht sich vmb vnd spricht:
Botz leichnam angst, wo ist mein Pferdt?
Ja, bin ich frumb vnd ehrenwerdt,
So hat mirs der bößwicht hin ghritten,
Er daucht mich sein dückischer sitten,
Hat auch das gelt vnd kleider hin.
Der gröst Narr ich auff erden bin,
Das ich traudt diesem Schalck vertrogen.
Schaw, dort kumbt auch mein Weib herzogen,
Ich darff jr wol vom Roß nit sagen,
Ich troet jr vor hart zu schlagen,
Das sie so einfeltig het eben
Dem lantzpscheissr das dinglich geben,
Vnd ich gab jm doch selb das Pferdt,
Viel grösser streich wer ich wol werdt,
Weil ich mich klüger dünck von sinnen.
Ich wil etwan ein außred finnen.

Die Pewrin kumbt vnnd spricht:
Schaw, bist zu fusen wider kummen,
Hat er das gelt von dir genummen?

Der Pawr spricht:
Jha, er klagt mir, der weg wer weit,
Auff das er kumb in kurtzer zeit
Ins Paradeiß, zu deinem Mann,
Das Pferd ich jm auch geben hann,

---

252 *sew:* Säue.
259 *vertrogen:* betrügerischen.
262 *troet:* drohte.
268 *finnen:* finden.

Das er geritten kumb hienein,
Bring auch das Pferdt dem Manne dein.
Mein Weib, hab ich nit recht gethan?

Die Pewrin spricht:
Jha, du mein hertzen lieber Man,
Erst vermerck ich dein trewes hertz.
Ich sag dir das in keinem schertz.
Wolt Gott, das du auch stürbest morgen,
Das du nur sehest vnuerborgen,
Wie ich dir auch geleicher weiß
Nach schicken wolt ins Paradeiß,
Nichts ich so weit zu hinterst het,
Das ich dir nit zu schicken thet:
Gelt, kleider, Kelber, genß vnd Sew,
Das du erkennest auch mein trew,
Die ich dir hindn vnd foren trag.

Der Pawer spricht:
Mein Weib, nichts von den dingen sag,
Solch Geistlich ding sol heimlich sein.

Die Pewrin spricht:
Es weiß schon die gantz dorff gemein.

Der Pawr spricht:
Ey, wehr hats jn gesagt so baldt?

Die Pewrin spricht:
Ey, eh du nein riedts in den Waldt,
Hab ichs gesagt von trumb zu endt,
Was ich meim Mann hab hin gesendt
Ins Paradeiß, gar mit andacht.

282 *vnuerborgen:* unverborgen.
295 *von trumb zu endt:* von einem Ende zum anderen.

Ich mein, sie haben mein gelacht
Vnd sich alle gefrewdt mit mir.

Der Pawr spricht:
Ey, das vergelt der Teuffel dir!
Sie haben all nur dein gespodt!
Wie hab ich ein Weib, lieber Gott! –
Geh nein, richt mir ein Millich ahn.

Die Pewrin spricht:
Jha, kumb hernach, mein lieber Man.

Die Pewrin gehet auß.
Der Pawr beschleust:
Der Man kan wol von vnglück sagen,
Der mit eim solchn Weib ist erschlagen,
Gantz ohn verstandt, vernunfft vnd sin,
Geht als ein dolles Viech dahin,
Baldt glaubich, doppisch vnd einfeltig,
Der muß er lign im zaum geweltig,
Das sie nicht verwarloß sein gut.
Doch weil sie hat ein trewen muht,
Kan er sie dester baß gedulden,
Wan es kumbt auch gar offt zu schulden,
Das dem Mann auch entschlupfft ein fuß,
Das er ein federn lassen muß,
Etwan leit schaden durch betrug,
Das er auch ist nit weyß genug.
Denn zieh man schad gen schaden ab,
Darmit man friedt im Ehstandt hab

---

309 *Baldt glaubich:* baldglaubich: leichtgläubig. – *doppisch:* dolpisch: tölpelhaft, ungeschickt, dumm.

310 *Der muß er lign im zaum geweltig:* Die muss er gewaltig im Zaum halten.

313 *dester baß gedulden:* umso besser erdulden, ertragen.

317 *leit:* leidet.

Vnd keyn vneinigkeyt auff wachs;
Das wünschet vns allen Hans Sachs.

Anno M. D. L. Jar. Am VIII. Tag October.

Das heiße Eisen

Den Schwank hat bereits der Stricker (um 1220–1250) in eine Verserzählung gefasst. Ein des Ehebruchs Angeklagter soll seine Unschuld damit beweisen, dass er ein glühendes Eisen trägt, ohne sich die Hände zu verbrennen. Diese Reinigungsprobe war ein beliebtes Erzählmotiv, wurde aber schon im hohen Mittelalter nicht ernst genommen. Vollends inszeniert Sachs die Prüfung als einen abergläubischen, gewissermaßen vorreformatorischen Einfall, für den vor allem die Weiber noch empfänglich sind. Der Mann darf demgegenüber den Part des aufgeklärten, gesunden Menschenverstands übernehmen. – Auch hier liegt, wie beim *Fahrenden Schüler im Paradies*, der Drehpunkt des Spiels in der Mitte: Nach 127 von insgesamt 254 Versen leitet der Mann die Gegenprobe ein und nötigt seine Frau zum Eisentragen. – Der Abdruck folgt Goetze, *Sämmtliche Fastnachtspiele*, Bd. 3, Nr. 38.

Ein Faßnacht Spil mit 3 Person:
Das heiß Eysen.

Die 3 Personen in das Spiel:
Der Pawr
Die Pewrin
Die Gefatterin

Die Fraw tritt einn vnd spricht:
Mein Man hab ich gehabt vier jar,
Der mir von erst viel lieber war.
Dieselb mein Lieb ist gar erloschen
Vnd hat im hertzen mir außdroschen.
West geren, wes die schulde wer.
Dort geht mein alte Gfatter her,
Die ist sehr alt vnd weiß gar viel.
Dieselbigen ich fragen wil,
Was meiner vngunst vrsach sey,
Das ich werd der anfechtung frey.

Die alt Gefatterin spricht:
Was redst so heimlich wider dich?

Die Fraw spricht:
Mein liebe Gfattr, es kümmert mich:
Mich dunckt, mein Mann halt nit sein Eh,
Sonder mit andern Frawn vmbgeh.
Des bit ich von euch einen rath.

Die alt Gefatter spricht:
Gfatter, das ist ein schwere that.

Die Fraw spricht:
Da rath zu, wie ich das erfar!

Die Gefatter spricht:
Ich weiß nicht, mir felt ein fürwar,
Wie man vor jaren gwonheit het,
Wenn man ein Mensch was zeyhen thet,

2 *von erst:* zuerst, anfangs.
5 *West geren:* (Ich) wüsste gern.
20 *zeyhen:* bezichtigen.

Wenn es sein vnschuld wolt beweysen,
So must es tragn ein glüend Eyssen
Auff bloser Hand auß einem kreiß,
Dem vnschulding war es nicht heyß
Vnd jn auff blosser Hand nit prent,
Darbey sein vnschuld würd erkent.
Darumb hab fleiß vnd richt auch an,
Das diß heiß Eyssen trag dein Man!
Schaw, daß du jn könst vberreden!

Die Fraw spricht:
Das wil ich wol thun zwischn vns beden.
Kan wain vnd seufftzen durch mein list,
Wenns mir schon vmb das hertz nicht ist,
Das er muß als thun, was ich wil.

Die Gefatter spricht:
So komb dem nach vnd schweig sonst still,
Darmit du fahest deinen Lappen
Vnd jm anstreiffst die Narrenkappen!
Ytzund geht gleich herein dein Man.
Ich wil hin gehn; fah mit jm an!

Die alt Gefatter geht ab.
Die Fraw sitzt, hat den Kopff in der hend.
Der Man kompt vnd spricht:
Alte, wie sitzt du so betrübt?

Die Fraw spricht:
Mein Mann, wiß, das mich darzu übt

21 *es:* auf das Neutrum Mensch bezogen.
31 *wain:* weinen.
35 *Lappen:* Laffen, Trottel.
40 *übt:* umtreibt.

Ein anfechtung, welche ich hab,
Der mir kan niemandt helffen ab,
Mein hertzen lieber Man, wenn du!

Der Mann spricht:
Wenns an mir leyt, sag ich dir zu
Helffen, es sey wormit es wöll.

Die Fraw spricht:
So ich die warheit sagen söll,
So dunckt mich, lieber Mann, an dir,
Du helst dich nicht gar wol an mir,
Sonder bulest mit andern Frawen.

Der Mann spricht:
Thustu ein solches mir zu trawen?
Hastu dergleich gmerckt oder gsehen?

Die Fraw spricht:
Nein, auff mein warheit mag ich jehen.
Du abr bist mir vnfreuntlich gar,
Nicht lieblich, wie im ersten jar.
Derhalb mein lieb auch nimmet ab,
Das ich dich schier nicht mehr lieb hab.
Diß als ist deines Bulens schuld.

Der Mann spricht:
Mein liebes Weib, du hab gedult!
Die lieb im hertzen ligt verporgen!
Mhü vnd arbeit vnd teglichs sorgen
Thut viel schertz vnd schimpffens vertreiben.
Meinst drumb, ich bul mit andern weiben?
Des denck nur nit! ich bin zu frumb.

---

43 *wenn du:* außer dir.
52 *jehen:* sagen.
57 *als:* alles.
61 *schimpffens:* zu »schimpf« ›Scherz, Kurzweil‹.

Die Fraw spricht:
Ich halt dich vor ein Bulr kurtzumb;
Sey denn sach, das du dich purgierst,
Der zicht von mir nicht ledig wirst.

Der Mann reckt 2 finger auff, spricht:
Ich wil ein herten Eyd dir schwern,
Das ich mein Eh nit thet versehrn
Mit andren schönen Frawen jung.

Die Fraw spricht:
Mein lieber Man, das ist nicht gnung.
Eid schwern ist leichtr, denn Ruben grabn.

Der Mann spricht:
Mein liebes Weib, was wilt denn habn?

Die Fraw spricht:
So trag du mir das heisse Eyssen!
Darmit thu dein vnschuld beweissen!

Der Mann spricht:
Ja, Fraw, das wil ich geren thon.
Geh! heiß die Gfattern vmbher gon,
Das sie das Eyssen leg ins Fewr!
Ich wil wagen die abenthewr
Vnd mich purgiren, weil ich leb,
Das mir die Gfatter zeugnus geb.

---

64 *Bulr:* Buhler, Frauenheld.
65 *Sey denn sach, das du dich purgierst:* Es sei denn, dass du dich reinwäschst (purgierst).
66 *zicht:* Bezichtigung.
68 *versehrn:* verletzen.
72 *wilt:* willst du.
79 *weil:* derweil, solange.

Die Fraw geht auß. Er spricht:
Mein Fraw die treibt gar seltzam mucken
Vnd zepfft mich an mit diesen stucken,
Das ich sol tragen das heiß Eyssen,
Mein vnschuld hie mit zu beweissen,
Das ich nie brochen hab mein Eh.
Es thut mir heimlich auff sie weh.
Ich hab sie nie bekümmert mit,
Ob sie jr Eh halt oder nit.
Nun ich wil jr ein schalckheit thon,
In Ermel stecken diesen Spon.
Wenn ich das Eyssn sol tragn dermassen,
So wil ich den Span heimlich lassen
Herfür hoschen auff meine Hendt,
Das ich vom Eyssen bleib vnprent.
Mein frömbkeit ich beweissen thu.
Da kommen sie gleich alle zwu.

Die alt tregt das heiß Eyssen in eyner Zangen vnd spricht:
Glück zu, Gfatter! das Eyssn ist heiß.
Macht nur da einen weyten Kreiß!
Da legt jms Eyssen in die mit!
Tragt jrs herauß vnd prent euch nit,
So ist ewer vnschuld bewert,
Wie denn mein Gfattern hat begert.

Der Mann spricht:
Nimb hin! da mach ich einen Kreiß.
Legt mir das glüend Eyssen heiß

81 *treibt ... mucken:* hat ... Launen.
82 *zepfft mich an:* verdächtigt mich.
89 *ein schalckheit thon:* eine Arglist antun.
90 *Spon:* Span, Holzstück.
93 *hoschen:* huschen.
101 *bewert:* bewährt, bewiesen.

Daher in Kreiß auff diesen Stul!
Vnd ist es sach, vnd das ich Bul,
Das mir das heyß Eyssen als denn
Mein rechte Hand zu Kolen prenn.

Der Man nimbt das Eysen auff die Hand, tregets auß dem Kreiß vnd spricht:
Mein Weib, nun bist vergwiest fort hin,
Das ich der zicht vnschuldig bin,
Das ich mein Eh hab brochen nie,
Weil ich das glüend Eyssen hie
Getragen hab gantz vngebrent.

Das Weib spricht:
Ey, las mich vor schawen dein Hendt!

Der Mann spricht:
Se hin! Da schaw mein rechte hand,
Das sie ist glat vnd vnuerprant!

Die Fraw schawt die hand, spricht:
Nun, du hast recht; das merck ich eben.
Man muß dir dein Kü wider geben.

Der Mann spricht:
Du must mir vnschuldigen Man
Vor meinr gfattern ein widrspruch than.

---

106 *Vnd ist es sach, vnd das ich Bul:* Und ist es Tatsache, dass ich buhle (fremdgehe).

109 *vergwiest:* vergewissert.

118 *Man muß dir dein Kü wider geben:* Anspielung auf eine Rechtspraxis: Einem unter Anklage stehenden Bauer konnte das Vieh beschlagnahmt werden.

120 *widrspruch:* Widerruf.

Die Fraw spricht:
Nun, du bist fromb, vnd schweig nur stil!
Nichts mehr ich dir zusachen wil.

Der Mann spricht:
Weil du nun gnug hast an der prob,
Wil ich nun auch probieren, ob
Du dein Eh biß her habst nit prochen
Von anfang, weilt mir warst versprochen.
Mein Gfattern, thut darzu ewr stewr!
Legt das Eyssn wider in das Fewr,
Das es erfewr vnd glüend wer!
Darnach so bringt mirs wider her,
Auff das es auch mein Fraw trag mir,
Darmit jr frömbkeyt ich probier!

Die Gefatter spricht:
Ey, was wolt jr ewr Frawen zeyhen?
Thut sie des heissen Eyssens freyen!

Der Mann spricht:
Ach, liebe Gfatter, was ziech sie mich?

Die Fraw spricht:
Mein hertz lieber Mann, wiß, das ich
Das hab auß lauter einfalt than!

Der Mann spricht:
Gfatter, legt bald das Eyssen an!
Darfür hilfft weder fleh noch bit.

---

121 *fromb:* anständig.
122 *zusachen:* zusprechen, anhängen.
127 *Gfattern, thut darzu ewr stewr:* Gevatterin, steuert das eurige dazu bei.
129 *erfewr:* erfeuren: erglühen, entflammen.
134 *freyen:* (mit Gen.) von etwas befreien.

Die Gefatterin geht hin mit dem Eyssen.
Die Fraw spricht:
Mein lieber Mann, weistu dann nit,
Ich hab dich lieb im hertzen grundt.

Der Mann spricht:
Dein That laut anders denn dein mundt,
Da ich das heiß Eyssen must tragen.

Die Fraw spricht:
Ach, mein Mann, thu nicht weyter fragen,
Sonder mir glauben vnd vertrawen
Als einer auß den frömbsten Frawen!
Laß mich das heiß Eyssen nicht tragen!

Der Mann spricht:
Was darffst dich lang weren vnd klagen?
Bist vnschuldig, so ists schon fried,
So prent dich das heiß Eyssen nit
Vnd hast probiert dein Weiblich Ehr.
Derhalb schweig nur vnd bitt nicht mehr!

Die gfatter bringt das glüent eysen, legts auff den stul im kreiß, spricht:
Gfattern, da liegt das glüend Eyssen,
Ewer vnschuld mit zu beweisen.

Der Mann spricht:
Nun geh zum Eyssen! greiff es an!

Die Fraw spricht:
Ich bitt dich, mein hertzlieber Man,

---

148 *darffst:* bedarfst, musst.
151 *probiert:* approbiert, bewiesen.

Mein schuld wil ich dir hie verjehen,
Das ich mich verd hab vbersehen
Heimlich mit vnserem Caplan.
Dasselbig wölstu mir nach lan,
Das michs Eyssn nit drumb prennen thu.

Der Mann spricht:
Ja, ja, da schlag der Teuffel zu!
Hastu selber brochen dein Eh?
Nimb flucks das Eyssen hin vnd geh!
Wil dir gleich den Pfaffen nach geben.

Die Fraw spricht:
Mein lieber Mann, ich bit darneben,
Wölst mein in aller trew gedencken,
Zum Pfaffn mir noch zwen Männer schencken,
Mit den ich mein Eh brochen hab.

Der Mann spricht:
Nötten nam dein lieb gen mir ab,
Weil du jr drey hast liebr dann mich?
Ey schem des in dein hertze dich,
Der du wolst sein so keusch vnd frumb
Vnd triebst mich mit dem Eyssen vmb!
Doch wil ich dirs all drey nach lon.
Nimb flucks das Eyssn vnd komb daruon!

Die Fraw hebt die hend auff, spricht:
Mein Mann, ich hab ye noch ein bitt:
Ich hab ein Schatz, den weistu nit.

---

157 *verjehen:* sagen, bekennen.
158 *verd:* voriges Jahr, vordem.
160 *nach lan:* nachlassen (nicht anrechnen).
170 *Nötten:* vonnöten, notgedrungen.
172 *schem des … dich:* schäm dich dessen.

Vier gulden Zwölffer, die ich doch hart
Hab selb an meinem Maul erspart,
Den Schatz wil ich auch geben dir.
Las mir noch nach der Männer vir!
Als denn wil ichs heiß Eyssen tragen.

Der Mann spricht:
Was sol ich von dem Schlepsack sagen?
Pfuy, schem dich vor der Gfattern dein!
Hastu denn Bulschafft hinder mein
Heimlich mit so viel Mannen triebn?

Die Fraw spricht:
Wie thust? nun sind jr an dich ye nur siebn!

Der Mann spricht:
Es soltn jr leicht ein Dutzet sein.
Nun ich wil auch nichts reden drein
Vmb diese Sieben vnd on mich,
Solt mit dem Eyssn purgieren dich
Auff Erden sonst vor alle Man.

Die Fraw spricht:
Ja lieber Man, das wil ich than.
Yedoch in dieser Männer summen
Sind die jungen Gselln außgenummen.
Vor die das Eyssen ich nicht trag.

Der Mann spricht:
Schweig vnd kein wort darwider sag!

---

179 *gulden Zwölffer:* goldene Kreuzer.
184 *Schlepsack:* Straßendirne.
186 *hinder mein:* hinter meinem Rücken.
188 *Wie thust? nun sind jr an dich ye nur siebn!:* Wie du tust! Nun sind ihrer ohne dich eh nur sieben!
197 *Vor die:* für die, derentwegen.

Flucks nimb das Eyssn, weil es ist heiß,
Vnd trag es sittlich auß dem kreiß,
Das ich darbey mög nemen ab,
Was vor ein frommes Weib ich hab!

Die Fraw spricht:
O Gfatter, tragt das Eyssn vor mich!

Die Gfatter spricht:
O es taug nit; darzu würd ich
Am Eysen mein Hend prennen zwar,
Das mir würd abgehn haut vnd har.
Ich war vor jaren auch nicht rein.

Der Mann spricht:
Flucks nimb das Eyssn vnd trags allein,
Du zunichtiger Pubensack!
Oder ich leg dir auff dein Nack
Mein Faust, das dir das liecht erlischt.

Die Fraw spricht:
Das Eyssen ist heiß, das es zischt,
Nun weil es mag nicht anderst sein,
So ergieb ich mich dultig drein.

Die Fraw hebt das Eissen auff,
wil gehn vnd thut ein lauten schrey,
lest das Eyssen fallen, spricht:
Auwe, Auwe der meinen Hend!
Wie übel hat michs Eyssen prent
Von meiner Hende har vnd hawt!

---

199 *weil:* derweil, solange.
200 *sittlich:* der Sitte gemäß.
205 *zwar:* wahrhaftig.
209 *Du zunichtiger Pubensack!:* Du nichtsnutziger Bubensack!

Der Mann spricht:
Schaw, du Vnflat! hast mir nicht trawt,
Vnd so mans bey dem Liecht besicht,
Bist selbs an hawt vnd Har entwicht.
Ich dörfft dir wol dein hawt vol schlagen.

Die Fraw spricht:
So wolt ichs meinen Brüdern klagen.

Die Gfatter spricht:
O Gfatter, trollt euch vnd schweigt still!
Jr habt hie ein verloren spiel.
Jr habt ein Handel, ist Mistfaul.
Darumb nembt nur Süßholtz ins maul!
Ziecht auff gut Saiten widerumb,
Auff das nicht heint sant Kolbman kumb
Vnd euch vmb ewer vnzucht straff.

Die Fraw get auß.
Der Man spricht:
Mein Fraw meint, ich wer gar ein Schaff,
Stellt sich so fromb vnd keusch (versteht!),
Sams nie kein Wasser trübet het,
Wolt mich nur treibn in ein Bockshorn,
Biß ich doch auch bin innen worn
Jrer frömbkeyt, drein sie sich bracht
Mit jrem eyffern Tag vnd Nacht,
Des sie mit Ehrn wol het geschwiegen.

---

220 *entwicht:* nichtsnutzig.
223 *Gfatter:* Gevatterin.
226 *Süßholtz:* vgl. »Süßholz raspeln« ›schmeicheln‹.
228 *heint:* heute. – *sant Kolbman:* hl. Kolben, hl. Prügel (verballhornt aus St. Columban).
232 *sams:* als ob sie.

Die Gefatter spricht:
Mein Gfatter, lasts best bey euch liegen!
Wölt meinr Gfattern vergeben das!
Wer ist der, der sich nie vergaß?
Kompt! wir wöllen dran giessn ein Wein!

Der Mann spricht:
Nun, es sol jr verziehen sein!
Mein Fraw bricht Häfn, so brich ich Krüg.
Vnd wo ich anderst redt, ich lüg.
Doch, Gfatter, wenn jr bürg wolt werden,
Dieweil mein Weib lebet auff Erden,
Das sie solches gar nimmer thu.

Die Gefatter spricht:
Ey ja, glück zu, Gfatter! glück zu!
Ich wil euch gleich das glait heimgeben.
Vnd wöllen heint in freuden leben
Vnd auff ein newes Hochzeyt halten
Vnd gar vrlaub geben der alten.
Das kein vnrat weyter drauß wachs
Durch das heiß Eyssen, wünscht Hans Sachs.

Anno Salutis 1551. Jar, Am 16. Tag Nouembris.

Das Narrenschneiden

Seit Goethe das Stück in Weimar aufführen ließ, gehört es zu den meistgespielten Fastnachtsspielen des Autors, bis heute. Zwar ist die Dramaturgie des Reihenspiels sehr

238 *lasts best bey euch liegen:* lasst es am besten dabei bewenden.
249 *glait:* Geleit.

simpel: ein Narr nach dem andern wird ans Licht gezogen; doch ergeben sich reizvolle Möglichkeiten der Inszenierung. – In den *narren*, die dem dickleibigen Patienten herausgeschnitten werden, erkennt man leicht die sieben Todsünden: die *hoffart* (*superbia*), die *geitzigkeit* (*avaritia*), den *neyd* (*invidia*), die *unkeusch* (*luxuria*), die *füllerey* (*gula*), den *zorn* (*ira*), die Trägheit (*acedia*). Eine literarische Vorlage ist nicht nachweisbar. Verarbeitet ist das beliebte Schwankmotiv des schwangeren Mannes. Im Hintergrund steht die Narrenrevue von Sebastian Brants *Narrenschiff* (1492) und Thomas Murners Reimpaardichtungen *Narrenbeschwörung* und *Schelmenzunft* (1512). – Der Abdruck folgt KG 5, 3–11.

Ein faßnacht-spiel mit dreyen personen. Das narren-schneyden.

Die person in das spiel.
1. Der artzet.
2. Der knecht.
3. Der kranck.

Der artzt tritt ein mit seinem knecht und spricht.
Ein guten abend! Ich bin dort nieden
Von einem worden rauff beschieden,
Wie etlich kranck heroben wern,
Die hetten einen artzet gern.
Nun sind sie hie, fraw oder man.
Die mügen sich mir zeygen an,
Sie haben faul flaisch odern stein,
Die husten odern zipperlein,
Den meuchler oder truncken zfiel,
Den grimb gewunnen ob dem spiel,

7 *odern:* oder den.
9 *meuchler:* kaltes Fieber. – *spiel:* KG druckt *spie.*

Eyfersucht oder das seenen,
Das lauffend, krampff, mit bösen zeenen,
Auch sunst für kranckheit was es sey,
Dem hilff ich durch mein artzeney
Umb ringe soldung unbeschwerdt,
Weil ich des bin ein artzt bewert,
Wie ir des brieff und siegel secht.

Er zaigt brieff und sigel.
Der knecht sicht hin und her und spricht:
O herr, wir sind nit gangen recht.
Ich sich kein krancken an dem ort.
Secht ir die leut nicht sitzen dort
All frölich, frisch, gesund und frey?
Sie bedürffen keyner artzney.
Hettens ein hofirer darfür
Und wer wir daussen vor der thür,
Das deucht uns beyden sein am besten.

Der artzt neigt sich und spricht:
Got gsegn den wirt mit seinen gesten!
Weil wir haben verfelt das hauß,
Bitt wir: legt uns zum besten auß!
Das nemb wir an zu grossem danck.

Inn dem kumpt der großpauchet kranck an zweyen krucken; der knecht spricht:
Mein herr, schaut zu! hie kumpt der kranck.

Der kranck:
O herr doctor, seyt ir der man,
Von dem ich lang gehöret han,

---

12 *lauffend:* Durchfall.
23 *hofirer:* Stadtmusikant.
24 *daussen:* draußen.

Wie ir helfft yederman so fein?
So kumb ich auch zu euch herein,
Weil groß geschwollen ist mein leib,
Als sey ich ein groß-pauchet weib,
Und rürt sich tag unnd nacht in mir.
O mein herr doctor, schawet ir,
Ob es doch sey die wassersucht,
Oder was ich trag für ein frucht!
Und schawt, ob mir zu helffen sey
Durch ewer heylsam artzeney,
Weil euch der kunst nye ist zerrunnen.

Der artzet spricht:
Hast du gefangen deinen prunnen,
So gib und laß mich den besehen!

Der kranck gibt im das harmglaß unnd spricht:
Ja, lieber herr, das sol geschehen.
Nembt hin und bschawt den prunnen selb!

Der artzt besicht den prunnen und spricht:
Gesell, dein prunn ist trüb und gelb.
Es ligt dir warlich inn dem magen.

Der kranck greift den bauch unnd spricht:
Es thut mich in dem pauch hart nagen
Und ist mir leichnam-hart geschwollen.

Der artzt.
Gesell, wenn wir dir helffen sollen,

---

44 *prunnen:* Harn. Die antik-mittelalterliche medizinische Lehre von den Körpersäften (Humoralpathologie) führte alle Krankheiten auf Störungen im Gleichgewicht der vier Körpersäfte zurück: Blut, Schleim, schwarze und gelbe Galle. Aus der Harnfarbe meinte man die Störungen ablesen zu können.

So must du warlich für den todt
Ein trüncklein trincken uber not.
Das will ich dir selbert zurichten.

Der kranck:
Ja, lieber herr, sorgt nur mit nichten!
Ich hab offt vier maß auß-getruncken,
Das ich an wenden haym bin ghuncken.
Solt ich erst nicht ein trüncklein mügen?

Der artzt:
Gesell, das selb wirt gar nicht dügen.
Du hast forthin her in viel tagen
Gesamelt ein inn deinen magen.
Das ist dir als darinn verlegen.
Des muß ich dir dein magen fegen.

Der kranck setzt sich und spricht:
Ja, herr, und wenn ir das wolt than,
So haist hin-nauß gehn yederman!
Es wurt gar leichnam-ubel stincken.

Der knecht:
Ey merck! du must ein trüncklein trincken;
Das wirt dir fegn den magen dein.

Der kranck:
Was wirt es für ein trüncklein sein?

---

53 *für:* vor, gegen.
58 *ghuncken:* Partizip von »hinken«.
60 *dügen:* taugen.
63 *als:* alles.
64 *Des:* deshalb.
65 *than:* tun.

Ist es wein, mät oder weiß bier?
Mein lieber herr, und het ichs schier,
Ietz het ich eben gleich ein durst.

Der artzet:
Du must vor essen ein roselwurst.
Darnach nembst du den trunck erst billich,
Nemblich ein vierteil putter-millich,
Tempriert mit eym viertl summer-pier.
Das must ein-nemen des tags zwier.
Das selb wirt dir dein magen raumen.

Der kranck:
Herr, nun fraß ich zweyhundert pflaumen,
Tranck pier unnd puttermilch darzu.
Das macht mir im pauch ein unrhu
Und rumplet mir inn meynem pauch
Und raumbt mir wol den magen auch,
Trieb mich wol zwölff mal auff den kübel
Unnd riß mich inn dem leib so übel.
Noch ist mir yetzund nichts dest baß.

Der artzet spricht:
Knecht, lang mir her das harm-glaß!
Laß mich der kranckheit baß nach-sehen!

Er schaut den harm und spricht:
Sol ichs nit zu eym wunder jehen?
Der mensch steckt aller voller narrn.

Der knecht spricht:
Mein freund, so ist gar nicht zu harrn.
So muß man dir die narren schneyden.

---

74 *vor:* vorher. – *roselwurst:* Blutwurst.
77 *Tempriert:* temperiren: mischen.
78 *zwier:* zwei.
90 *jehen:* sagen.

Der kranck spricht:
Das selbig mag ich gar nit leyden.
Der artzet hat nit war gesprochen.
Wo woltn die narrn in mich sein krochen?
Das west ich armer krancker gern.

Der artzet spricht:
Die ding will ich dir baß bewern.
Seh hin und trinck dein aygen harm,
Dieweil er noch ist also warm!
So wern die narrn in dir zabeln,
Wie ameiß durch einander krabeln.

Der kranck trinckt den harm und spricht:
O herr doctor, yetz prüff ich wol,
Und das ich steck der narren vol.
Sie haben inn mir ein gezösch,
Als ob es weren lauter frösch.
Ich glaub, es wern die würm sein.

Der knecht raicht im ein spiegel unnd spricht:
Schaw doch inn diesen spiegel nein!
Du glaubst doch sunst dem artzet nicht.

Der kranck schawt in spiegel unnd greifft im selb an die narren- ohren unnd spricht:
Erst sich ich wol, was mir gebricht.
Helfft mir, es gschech gleich, wies wöll!

Der knecht:
Soll man dich schneyden, lieber gsell,
So must du dich dem artzt voran
Ergeben für ein todten man,
Dieweil das schneyden ist geferlich.

---

98 *baß bewern:* besser beweisen.
103 *prüff:* prüffen: kennen lernen, bewähren.
105 *gezösch:* Gewimmel.

Der kranck spricht:
Für ein todn man gib ich mich schwerlich.
Stürb ich, das wer meiner frawen lieb.
Für kein todn man ich mich dargieb.

Der knecht:
Wo du denn wirst zu lang verharrn,
Das uberhand nemen in dir die narrn,
So wurdens dir den bauch auffreysen.

Der kranck:
Da würd mich erst der teuffel bscheissen.
Weil es ye mag nit anderst sein,
So facht nur an und schneidet drein!
Doch müst ir mich vor-hin bescheyden:
Was gibt man euch vom narren zschneidn?

Der artzet.
Ich will dich schneyden gar umb sunst,
An dir beweren diese kunst.
Mich dunckt, du seist ein armer man.
Knecht, schick dich nur! so wöll wir dran.

Der knecht legt seinen zeug auß unnd spricht:
Herr, hie ligt der zeug allersammen,
Zangen, schermesser und blutschwammen,
Zu labung sefft und köstlich würtz.

Der kranck spricht:
Nein herr, das man mich nit verkürtz,
Gebt mir doch vor zu letz zu trincken.

---

125 *mich … bescheyden:* mir Bescheid geben. – *vor-hin:* vorher.

Der artzet:
Knecht, schaw! so bald ich dir thu wincken,
So schlaich im dhantzweel umb den hals!
So will ich anfahen nachmals.

Der knecht bindt den krancken mit der handzwehel umb den hals unnd spricht:
Gehab dich wol! yetz wird es gehn.
Beiß auff einander fest die zehn!
So magst dues dester baß erleyden.

Der artzet spricht:
Halt für das peck! so will ich schneyden.

Er schneidt. Der kranck schreyt:
Halt, halt! botz angst! du thust mir weh.

Der knecht spricht:
Das hat man dir gesaget eh,
Es werd nit sein wie küchlein zessen.
Wilt dich die narren lassen fressen?

Der artzt greifft mit der zangen in bauch, zeucht den ersten narrn herauß und spricht:
Schaw, mein gsell, wie ein grosser tropff!
Wie hat er so ein gschwollen kopff!

Der kranck greifft sein bauch unnd spricht:
Ietz dunckt mich gleich, es sey mir baß.

Der artzet:
Wie wol will ich dir glauben das!
Der narr hat dich hart auffgephlet.
Er übet dich in hoffart stät.

---

138 *dhantzweel:* handzwehel: Handtuch.
142 *peck:* Becken.
149 *baß:* besser.

Wie hat er dich so groß auffplasen,
Hochmütig gemacht ubermassen,
Stoltz, üppich, aygensinnig und prechtig,
Rümisch, gewdisch, samb seist du mechtig!
Nicht wunder wer, und wilt dues wissen,
Er het dir lengst den pauch zurissen.

Der knecht:
Mein lieber herr, schawt baß hin-nein,
Ob nicht mehr narren drinnen sein!
Mich dunckt, sein bauch sey noch nichts kleiner.

Der artzet schawt im in bauch unnd spricht:
Ja freilich, hierinn sitzt noch eyner.
Halt, lieber, halt! yetz kumpt er auch.

Der kranck schreyt:
Du thust mir wee an meynem bauch.

Der knecht spricht:
Botz leichnam, halt und thu doch harrn!
Schaw, wie ein viereckichten narrn!
Sag! hat er dich nit hart getrücket?

Der kranck spricht:
Ja freylich; nun bin ich erquicket.
Nun west ich ye auch geren, wer
Der groß vierecket narr auch wer.

Der artzt reckt in in der zangen auf unnd spricht:
Das ist der narr der geitzigkeyt,
Der dich hat trücket lange zeit
Mit fürkauff, arbeytn, reytn und lauffn,
Mit sparen, kratzen als zu hauffen,

---

173 *fürkauff:* Vorwegkauf (börsenmäßiger Zwischenhandel).
174 *als:* alles.

Das noch ein ander wirt verzeren,
Der dir gund weder gut noch ehren.
Ist das denn nit en bitter leyden?
So laß dir kein narren mehr schneyden!

Der kranck greifft in die seyten unnd spricht:
Herr doctor, hie thut mich noch nagen
Ein narr; den hab ich lang getragen.

Der knecht:
Hört, hört! der negt gleich wie ein mauß.

Der artzt greifft hin-nein, zeucht ihn mit der zangen herauß unnd spricht:
Schaw! ich hab diesen auch herauß.

Der kranck:
Mein lieber herr, was ist der selb
Narr, so dürr, mager, blaich und gelb?

Der artzet spricht:
Schaw! dieser ist der neydig narr.
Der machet dich so untrew gar.
Dich freudt des nechsten unglück.
Und brauchest vil hemischer dück.
Des nechsten glück das bracht dir schmertz.
Also nugst du dein aygen hertz.
Mich wundert, das der gelb unflat
Dein hertz dir nit abgfressen hat.

Der kranck:
Herr doctor, es ist entlich war;
Er hat mich fressen lange jar.

---

176 *gund:* gönnt.
190 *nugst:* (du) nagtest.

Der knecht:
Mein gsell, schaw selb und prüff dich seer,
Ob du nit habst der narren mehr!
Es ist dir ye dein pauch noch groß.

Der kranck greifft sich unnd spricht:
Da gibt mir eyner noch ein stoß.
Was mag das für ein narr gesein?
Nur her! greyfft mit der zangen nein!

Der artzt greyfft nein und reist. Der kranck schreyt:
O weh! last mir den lenger drinnen!

Der artzt zeygt im den narren unnd spricht:
Ey halt! du kembst von deinen sinnen.
Schaw! wie kumpt so ein groß gemeusch?
Das ist der narr der unkeusch.
Mit tantzen, bulen und hofiren,
Meyden und sehnen thet dich vexieren.
Mainst, dein sach wer haimlich auffs best,
So es all menschen von dir west.
Des must noch schand und schaden leyden,
Thet ich den narrn nit von dir schneyden.

Der kranck:
Ich main, dast ein zygeuner seist,
Weil all mein haimligkeyt du weist.
Noch dunckt mich, es steckt eyner hinden.
Mein herr, schaut, ob ir in möcht finden!

---

203 *gemeusch:* zu »meische« ›gekelterte Traubenmasse‹.
204 *unkeusch:* Unkeuschheit.
206 *vexieren:* verspotten, ärgern.
208 *west:* (sie) wüssten.

Der artzt greifft mit der zangen hin-nein unnd spricht:
Botz angst, wie ist der narr so feucht!
Er weret sich und vor mir fleucht.
Ich muß in mit gewalt rauß-zucken.

Der kranck schreyt:
O wee! du thust mir wee am rucken.
Last mirn! er hat mich lang ernert.

Der artzt reckt den narren auff unnd spricht:
Der hat dir schier dein gut verzeert.
Es ist der narr der füllerey,
Der dir lang hat gewonet bey
Und dich gemachet hat unmessig,
Vernascht, versuffen und gefressig,
Dein leib bekrenckt, dein sinn beschwert,
Dein magen gfült, dein peutel glert,
Bracht dir armut und viel unrats.
Was wolst du lenger des unflats?

Der kranck:
O dieser nar rewt mich erst sehr.

Der knecht:
Mainst, du hast keinen narren mehr?

Der kranck:
Ich hoff: sie sind nun all herauß.
Hefft mich zu! last mich haym zu hauß!

Der knecht lost und spricht:
Mich dunckt, ich hör noch einen gronen.
Herr doctor, ir dürfft sein nit schonen.

---

233 *lost:* löst, d. h. er bindet den Kranken los. – *gronen:* grummeln, murren.

Er ist noch starck und mags wol leyden.
Thut im den narren auch rauß schneyden!

Der artzet greiffet nein unnd spricht:
Halt her! laß mich den auch rauß-brechen!
Der thut mir inn die zangen stechen.
Knecht, hilff mir fest halten die zangen!
Laß uns den narren herauß fangen!

Der kranck:
O wee! der sticht mich inn die seyten.
Reist ihn herauß! helfft mir bey zeyten!

Der artzet spricht:
Halt still! sey guter ding unnd harr!
Das ist der schellich, zornig narr,
Das du mochst nyemand uber-sehen,
Viel heder und zenck thetst du an-dreen,
Inn gsellschaft machest viel auffrur,
Dein hawt dir offt zerblewet wur.
Was woltest du denn des dildappen?

Der kranck:
Ey lieber, last mich haymhin sappen!
Es hats yetz gar; hefft mich nur zu!

Der knecht:
Mein guter freund, hast du yetzt rhu?
Zwickt dich yetzund gar keyner meh?

---

244 *schellich:* toll, verrückt machend.
248 *wur:* wurde.
249 *dildappen:* Tölpel.
250 *sappen:* tapsen.

Der kranck.
Im ruck thut mir noch eyner weh.
Der ist wol als ein groß pachscheyt.
Helfft mir deß ab! es ist groß zeyt.

Der artzet greyffet nein unnd spricht:
So halt nur stät und sey auch keck!
Schaw zu! wol weret sich der geck.

Er zeucht ihn rauß. Der knecht spricht:
Schaw zu! wie hecht der narr den kopff.

Der artzet spricht:
Es ist der aller-fewlest tropff.
Hat dich gemacht inn alle weg
Hinlessig, wercklоß, faul und treg,
Langkweilig, schleffrig und unütz,
Vertrossen, aller ding urdrütz.
Het ich dirn nit geschnitten ab,
Er hett dich pracht an pettl-stab.
Mein guter man, nun sag an mir!
Entpfindst du keins narrn mehr in dir?

Der kranck greifft sich und spricht:
Kein narr mich in dem pauch mehr kerrt.
Doch ist mein pauch noch groß und herrt.
Was das bedeudt, ist mir verborgen.

Der artzt greifft den bauch unnd spricht:
Sey guter ding unnd laß mich sorgen!

---

255 *pachscheyt:* Backscheit, Holzscheit für den Backofen.
259 *hecht:* hängt.
262 *Hinlessig:* nachlässig.
264 *urdrütz:* überdrüssig.
269 *kerrt:* kerren: peinigen.

Inn dir steckt noch das narren-nest.
Sey keck und halt dich an gar fest!
Du must noch ein walckwasser leyden.
Ich will das nest auch von dir schneyden.

Der kranck.
O langt mir her ein reben-safft!
Mir ist entgangen all mein krafft.
Ich sitz da in eym kalten schweyß!
Zu halten ich gar nit mehr weiß.
O last mir nur das nest zu fried!

Der knecht.
Mein freund, du verstehst warlich nit.
Schnitt man das nest dir nit herauß,
So prütest du jung narren auß.
So würd dein sach denn wieder böß.

Der kranck spricht:
So schneyt mich nur nit in das kröß!
So will ich gleich die marter leyden,
Das nest auch von mir lassen schneyden.

Der artzt greifft mit der zangen nein unnd spricht:
Halt fest, halt fest, lieber! halt fest!
Es ist so groß und ungelachsen
Und ist im leib dir angewachsen.
Schaw! yetzund kumbt der groß unfurm.
Schaw wie ein wilder wüster wurm!
Schaw, wie thut es vol narren wimeln,
Oben und unden als von krimmeln!
Die hetst du alle noch geborn.

---

275 *walckwasser:* Lohbrühe, in der Felle gewalkt werden.
286 *kröß:* Gekröse, Eingeweide.
290 *ungelachsen:* ungeschlacht.

Der kranck:
Was weren das für narren worn?

Der knecht.
Allerley gattung, als falsch juristen,
Schwartzkünstner und die alchamisten,
Finantzer, alifantzer und trügner,
Schmaichler, spotfeler und lügner,
Wundrer, egelmayr unnd lewnisch,
Grob, ölprer, unzüchtig und hewnisch,
Undanckpar, stocknarrn unnd gech,
Fürwitzig, leichtfertig und frech,
Gronet und gremisch, die alzeit sorgen,
Böß zaler, die doch geren porgen,
Eyfrer, so hüten irer frawen,
Die on not rechten und on nutz pawen,
Spiler, bögschützen und waidleut,
Die viel verthun nach kleyner pewt,
Summa summarum, wie sie nant
Doctor Sebastianus Brandt,
Inn seinem narren-schiff zu faren.

Der artzet spricht:
Vor solchen narrn uns zu bewaren,
Mein knecht, so würffe das unzifer
Inn die Pegnitz hin-nein, ye tieffer,
Ye bessers ist, und laß sie baden!

---

297 *worn:* geworden.
300 *Finantzer, alifantzer und trügner:* Wucherer, Faselköpfe und Betrüger.
301 *spotfeler:* Spottvögel.
302 *Wundrer, egelmayr unnd lewnisch:* Wirrköpfe, Hanswurste und Miesmacher.
303 *ölprer:* Tölpel. – *hewnisch:* Ungeschlachte.
304 *stocknarrn:* Stockdumme. – *gech:* Jähzornige.
306 *Gronet:* Mürrische.
308 *Eyfrer:* Eifersüchtige.

Der kranck spricht:
Mein herr, hefft mir zu meinen schaden!
Mich dünckt: yetz hab ich gute rhu.

Der artzet hefft in zu und spricht:
So halt! ich will dich hefften zu.
Nun magst du wol frölich auffstehn.
Schaw! kanst du an dein krucken gen?

Der kranck steht auff und spricht:
Mein herr, ich bin gar gsund und ring.
Vor frewden ich gleich hupff und spring.
Wie hetten mich die narren bsessen?
Sagt! het ichs truncken oder gessen?
Fort wolt ich meyden solche speiß.

Der artzt:
Waist nit? man spricht nach alter weiß,
Das yedem gfelt sein weiß so wol,
Des ist das land der narren vol.
Von dem kamen die narren dein,
Das dir gefiel dein sinn allein
Und lißt deym aygen willen raum.
Hielst dich selbert gar nit im zaum.
Was dir gefil, das thetst du gleich.

Der kranck.
O herr doctor gar künstenreich,
Ich merck: ewer kunst die ist subtil.
Ich thet ye als, was mir gefiel,
Es brecht mir gleich nutz oder schaden.
Nun ich der narren bin entladen,

---

323 *an:* ohne.
324 *ring:* unbeschwert.
328 *Fort:* fortan.
334 *lißt:* (du) ließest.

So will ich fürbaß weißlich handeln,
Fürsichtigklich heben und wandeln
Und folgen guter lehr und rath.
O wie an zal inn dieser stat
Waiß ich armer und reicher knaben,
Die auch mein schwere kranckheit haben,
Die doch selber entpfinden nicht,
Noch wissen, was in doch gebricht.
Die will ich all zu euch bescheyden,
Das ir in müst den narren schneyden.
Da werd ir gelts gnug uberkummen.
Weil ir von mir nichts hat genummen,
Sag ich euch dank ewer milten gab.
Alde! ich schaid mit wissen ab.

Er geet ab. Der knecht schreyt auß:
Nun hört! ob indert einer wer,
Der dieser artzeney beger,
Der such uns inn der herberg hie
Bey eym, der haist, ich waiß nit wie.
Dem wöll wir unser kunst mit-thailn
Und an der narren-sucht in hayln.

Der artzet beschleust:
Ir herrn, weil ir yetz habt vernummen
Viel narren von dem krancken kummen,
Die bey im wuchsen vor viel jaren,
Vor solcher kranckheyt zu bewaren,
Las ich zu-letzt ein gut recept:
Ein yegklicher, dieweil er lebt,
Las er sein vernunfft mayster sein
Und reytt sich selb im zaum gar fein

---

345 *an:* ohne.
356 *indert:* irgend(wo).

Und thu sich fleissigklich umbschawen
Bey reich und arm, mann und frawen,
Und wem ein ding ubel ansteh,
Das es des selben müssig geh,
Richt sein gedancken, wort und that
Nach weyser leute leer unnd rat!
Zu pfand setz ich im trew und ehr,
Das als-denn bey im nimmer-mehr
Gemelter narren keiner wachs.
Wünscht euch mit guter nacht Hans Sachs.

Anno salutis 1557, am 3 tag Octobris.

Der Doktor mit der großen Nase

Das Stück setzt zielsicher auf Situationskomik, die die angebliche erzieherische Absicht souverän über den Haufen wirft. Es bietet eine Phantasie über den Satz: ›Kinder und Narren sagen die Wahrheit‹ und spielt eine Alltagssituation aus, die in die Nürnberger Gegenwart verlegt ist: Von Nürnberg aus ist Bamberg (V. 83) über Forchheim (V. 316) zu Pferd in wenigen Stunden zu erreichen. Mit dem bildungsbeflissenen Junker könnte Hans Sachs sich selbst ironisiert haben. Er war stolz auf seine Bibliothek, und die in V. 195–197 genannten Büchergattungen (geistliche und philosophische Werke, *weltlich histori, poetrey, fabel vnd schwenck*) entsprechen exakt dem Quellenbestand, den Sachs immer wieder ausgewertet hat (M. Sonheim, »Die Bibliothek des Hans Sachs«, in: ders., *Gesammelte Schriften*, Frankfurt a. M. 1927, S. 260–263). – Der Abdruck folgt: Goetze, *Sämmtliche Fastnachtsspiele*, Bd. 7, Nr. 83.

---

378 *Gemelter:* (vorhin) gemeldeter, genannter.

Ein fasnacht spiel mit 4 person: Der doctor mit der grosen nasen.

Die person in das spil:
Junckher, der edelman *1*
Der doctor mit der grosen nasen *2*
Fricz, der reitknecht *3*
Jeckle, der narr *4*

Der junckher get ein mit seinem knecht Friczen vnd spricht:

Ich hab dürch ein potten vernümen,
Es werd hewt ein gast zv mir kümen:
Der künstlichst man im deutschen land
Paide mit münd vnd auch mit hand,
Ist ain doctor der arzeney,
Auch künstlich in der alchamey,
Artlich auf allem saitenspiel,
Auch ründ mit schiesen zv dem ziel,
Zv dem waid werck kan er auch wol
Vnd was ein hoffman künden sol,
Kan, was gehört zv ernst vnd schimpf
Vnd als höfflich mit feinem glimpf,
Ist angnem pey fuersten vnd herren,
Paide pey nahet vnd den herren,
Helt sich gancz wol pey idermon;
In sicht doch nymant darfüer on.
Der selbig wirt mir wonen pey
In dem schlos ein tag oder drey,

3 *künstlichst:* kunstreichste, gelehrteste.
7 *Artlich:* gewandt.
8 *ründ:* geschickt, gewandt.
11 *schimpf:* Scherz, Kurzweil.
12 *glimpf:* Anstand.

Da werden wir zwischen vns peden
Nür von artlichen künsten reden.
Den wil ich tractyren aufs pest
Als ainen meiner lieben gest,
Den halt dw auch erlich vnd wol,
Wie man eren man halten sol;
Daran thustw mir ein wolgfallen.

Knecht Fricz spricht:
Jünckher, ja ich wil in ob allen
Erlich halten nach ewer sag,
Im dinstlich sein, so vil ich mag,
Wil im abzihen die stiffel sein
Vnd die ausspüczen wol vnd fein,
Im auf hebn watsack, puechsn vnd schwert,
Mit fleis versehen im sein pfert,
Mit strewen, strigeln, fütern vnd drencken.
Doch, junckher, ains ist zv pedencken:
Vnser narr ist mit worten resch
Vnd richt oft an gar selzam wesch;
Wan er stecket vol phantasey,
Vnd placzt oft vngschwungen in prey.
Verpit solichs dem dollen thier.

Der junckher schreit:
Jeckle, Jeckle, kumb rein zv mir!

Der Jeckle, narr, rawscht hinein vnd spricht:
Junckherlein, sag, was sol ich thon?
Sol ich den koch haisn richten on?

---

23 *erlich:* ehrenvoll.
30 *auspüczen:* putzen.
31 *watsack:* Reisetasche.
38 *vngschwungen:* grob.

Hüngert dich, so ist dir als mir;
Wen mich durst, wer mir auch wie dir.

Der jünckher:
Jeckle, es wirt kümen ain gast;
Schaw zv, das dw in erlich hast,
Er ist ain künstenreicher mon.

Jecklein, narr:
Mein herlein, sag mir, was er kon!
Ist er seinr künst ain gueter koch,
So halt ich in erlich vnd hoch;
Kan er guet faiste süeppen machen,
Darmit ich füelt mein hüngring rachen,
Guet schweine praten vnd rotseck,
Oder ist er ein semelpeck,
Kan pachen speckūchen vnd fladen,
So hab ich seiner künst gros gnaden;
Oder ist er ain ründer keller,
Tregt aüf rein wein vnd müscadeller
Vnd newen wein in grosen flaschen,
Das ich künt meinen goder waschen,
Da wolt ich schlemen, fressn vnd sauffen,
Das mir aügn müesten vberlaüffen.
So wer mir warlich lieber er,
Als wen er der künstreichst goltschmid wer.

Der junckher spricht:
Jecklein, Jecklein, dw pist gar grob,
Sprich dem herren preis, er vnd lob,
Vnd frag nit weiter, was er kon,
Es ist ain künstenreicher mon.

---

53 *rotseck:* rotsack: Blutwurst.
57 *keller:* Kellermeister.
60 *goder:* Schlund, Gurgel.

Icz kümbt er. Thuet in hoff nab gen
Vnd nembt von im das ros all zwen!

Sie gent all paid ab.
Der jünckher rett wider sich selb vnd spricht:
In vil jarn ich den lieben mon
Warhaftig nie gesehen hon;
Ich frew mich sein pey meinem aid,
Ich denck wol, das wir alle paid
Etwas vor pey den zehen jarn
Oft frölich mit einander warn.

Sie gent mit dem doctor ein.
Der jünckher pewt im die hent vnd spricht:
Mein herr doctor, seit mir wilküm
Zv dawsent mal! Pin ich eren frum,
So hab ich warhaftig in nehen
Kein gast von herczen lieber gsehen,
Ich las euch in acht tagn nit hin.

Der doctor mit der grosen nasen spricht:
Mein jünckher, ich gefordert pin:
Auf morgen müs ich zv Bamberg sein,
Doch hab ich zv euch keret ein,
Die alten freüntschafft zv vernewen,
Doch mües ich wider (pey mein trewen!)
In zwayen stünden gwis auf sein.

Der junckher spricht:
Ge, Fridrich, trag auf rotten wein!
Seczt euch, her doctor, ir habt güet zeit,
In neün stünden ir nüeber reit.

---

69 *nab:* hinab.
78 *eren frum:* ehrbar.

Last vns von newer zeittung sagen,
Was sich im Teutschlant zv hat tragen.

Der knecht pringt die schewern mit wein
dem junckhern, der spricht:
Herr doctor, nün seit gueter ding!
Ein starcken drunck ich euch hie pring.

Vnd drincket.
Der doctor spricht:
Mein jünckherr, den gesegn euch got!
Der wein von farben ist güet rot.

Der doctor drinckt vnd darnach spricht:
Ich glaub, das sey ein welschwein guet,
Welchen man den cürs nennen thüet.

Der Jeckle narr gnipt vnd gnabt da her, lacht ser vnd spricht:
Klains herrlein, got gsegn dir dein drincken!
Wie hastw so ain schonen zincken,
Er hat die leng foren hinauff,
Es sessn wol siben hennen drawff.
Ey lieber, nenn dich, wie dw heist,
Ich glaub, der nasen küng dw seist,
Aus allen grosen nasn erkorn,
Dw hast ie ain schones leschorn.

Der doctor schembt sich vnd schawt vntersich.
Der jünckher spricht:

---

91 *newer zeittung:* Nachricht, Neuigkeit.
93 *schewern:* schewre: Becher, Pokal.
98 *cürs:* eine Weinsorte.
106 *leschorn:* Löschhorn.

Jeckl nar, schweig, das dich die trües rüer!
Stos den narn naus für stuebtüer!

Fricz, der knecht, stöst den narren hinaus.
Der junckher redt weiter:
Er dalet wie ein alte hecz.
Wer mag hören sein vnüecz gschwecz.
Mein herr doctor, kumbt, schawt mein new
Zierlich vnd gewaltig gepew.
Ain schlos pawt ich in jar vnd tagen.

Der doctor spricht:
Ja von dem paw so hört ich sagen,
Weil ich noch war in dem Welschlant
Von aim, der euch ist wol pekant.

Sie gent all drey ab.
Jeckle nar schleicht hinein vnd spricht:
Mein junckher sagt, ich solt den mon
Gros zuecht vnd er peweisen thon.
Da sach ich nichs grosers an im,
Den sein nassen, als mich gezim,
Die im schir zv deckt sein angsicht.
Da ich die lobt, gfiel es im nicht,
Wie wol ich im vil er erpot,
Haücht er sich nider, wart schamrot,
Als ob ich in het angelogen.
Hab ich ie die warheit anzogen,
Sein nasen sey pucklet vnd högeret,
Vol engerling, wimret vnd knogeret?

---

107 *trües:* Drüsengeschwür.
109 *dalet … hecz:* schwatzt wie eine Elster.
120 *gezim:* gezemen: angemessen finden.
124 *Haücht:* hauchen: sich ducken, kauern.
126 *anzogen:* anziehen: nennen, zur Sprache bringen.
127 *högeret:* höckerig.
128 *engerling:* Diminutiv zu ›enger‹, Made. – *wimret:* knotig. – *knogeret:* knorrig.

Er hört leicht die warheit nit gern.
Ich wil die sach mit luegn erclern,
Ob ich wider erlanget hüeld,
Hab ie sein feintschafft nit verschüeld.

Fricz, der knecht, get ein vnd spricht:
Jecklein, lieber schweig doch nur stil!
Der junckher ernstlich haben wil,
Dw solt gar kein wort mer jehen,
Den doctor zv hön oder schmehen;
Er ist dem junckhern ain lieber gast.

Der narr spricht:
Ey, wie wol dus getroffen hast,
Peim ars im schlaff, mein lieber Fricz,
Kümb het vnd kües mich, da ich sicz!
Sag, hat das herrlein nit der masen
Ein grose rotte küpffren nasen,
Der gleich ich kaine hab gesehen?
Hab in züm nasenküng verjehen,
Weil sein nas war so dick vnd lanck,
Hab doch verdint des deuffels danck:
Dw stiest mich naus wie ainen hünd.
Wen sie icz wider keren dünd,
Wil ich die warheit an den enten
Dem herrlein fein hofflich verqüenten.
Das wird im leicht gefallen pas,
Auf das er mich zv friden las.

Der junckherr kümbt wider mit dem doctor vnd spricht:
Herr doctor, wie gfelt euch mein gepew?

---

129 *leicht:* vielleicht.
139 *ars:* Arsch.
144 *verjehen:* verkündigt.
148 *wider keren dünd:* zurückkehren (wörtlich: wiederkehren tun).
150 *verqüenten:* vertauschen, verbergen.

Der doctor spricht:
Aufs aller past, pey meiner trew!
Als obs Lucullus het gepawt,
Der Römer, ich habs gern geschawt,
Wolt auch geren sehen darpey,
Mein junckher, euer lieberey,
Weil ir die seit her zehen jar
Wol pessert habt, glaub ich vürwar,
Weil durch den druck seit her, ich sag,
Vil gueter püechr kamen an tag.
Der habt ir on zweyffel ain dail

Der junckher:
Ja, was von guetn püechern wirt fail
In deütscher sprach, die kaüff ich aüf;
Hab ir pracht int liebrey zv haüf,
Daran ir euren lust wert sehen;
Wan ich mag in der warheit jehen,
Kain gröser frewd hab ich aüf erd,
Den zv lesen die püecher werd,
Da ich deglich erfar das pest,
Das ich vor gar nit hab gewest,
Als ein lay vnd vnglerter mon.

Der doctor spricht:
Das ist löblich vnd wol gethon.
Nun last mich disen schacz auch sehen!

Der junckherr spricht:
Herr doctor, kümbt, es sol geschehen.

---

155 *Lucullus:* röm. Patrizier, berühmt für seinen Reichtum und Geschmack.
158 *lieberey:* Bibliothek.
166 *ir pracht:* ihrer (der Bücher) gebracht. – *int:* in die.
167 *lust:* Wohlgefallen, Freude.

Der narr drit hinzv, naigt sich gen dem doctor, spricht:
Dw gros, grader, paümblanger mon,
Ich pit, wollest mir zaigen on,
Wo hast dein klain neslein genumen?
Von wannen pistw mit her kumen?
Ich main, dw habs aim kind gestoln.

Der doctor spricht zornigclich:
Ey, sol ich solich schmach red doln,
Die ich nun zwaymal hab eingnumen?
Mich rewt schir, das ich rein pin kumen.
Sol ich das leiden von dem gecken?

Der junckher spricht:
Fricz, schlag pald hinaüs mit aim stecken
Den narren, das in trues ankumb,
Der narr ist also doll vnd dumb.

Man schlecht den narren hinaus.
Der junckher rett weiter:
Er pschnatert alles, was er sicht.
Herr, last euch das anfechten nicht.
Der narr thut mir kain dinst daran,
Kein mensch im das abzihen kan.
Kumbt mit mir in mein lieberey,
Da werdt ir finden mancherley
Püecher, gaistlich zw gottes glori,
Philosophey, weltlich histori,
Poetrey, fabel vnd güet schwenck.

Der doctor spricht:
Ja, junckher, ich gleich wol gedenck,

182 *doln:* dolen: dulden.

Der nar hab seinr züngen kain gwalt.
Ich las gleich guet sein der gestalt,
Wen mir der gleich nür nit mer gschicht.

Der junckher spricht:
Herr, wen der nar ein wort mer spricht,
Das euch zv ainr schmach raichen sol,
Wil ich dem knecht pefelhen wol,
Das er den narrn pint an ain sewl,
Mit ruetn haw, pis er wain vnd hewl,
Das im das pluet herab mus gon.
Kümbt, secht mein lieberey fort on.

Sie gent paid ab.
Jeckle, der narr, get ein, ret mit im selb vnd spricht:
Ich hab zv reden heüt kain glüeck,
Es felet mir in allen stüeck:
Wen gleich die warheit sage ich,
So stöst man aüs der stüeben mich.
Vnd kumb ich den mit lüegen sagen,
So thuet man mich mit stecken schlagen.
Das herrlein ist an im selber klein,
Doch ist ser gros der zoren sein,
Wie man sagt: Klainen mendlein vor zeit
Der dreck nahet peim herzen leit.
So ist dem auch, thüet mich pethorn,
Mag weder lueg noch warheit horn.
Pocz dreck, was sol ich nun anfangen,
Des klain herleins hueld zv erlangen?
Ich wil halt sagn dem grossen mon,
Sein nasn ge mich gar nichs mer on.

---

213 *den:* dann.
216 *zoren:* Zorn.
217 *mendlein:* Männlein.
218 *leit:* liegt.
219 *pethorn:* betören, für einen Toren ansehen, äffen.

Fricz, der reitknecht, kumpt, spricht:
Sich, Jecklein, pistw wider hinen?
Las dir fort mer kain wort entrinen,
Das doctors nasen an thw treffen,
In zv verspoten noch zv effen.
Ich müs sunst hawen dich mit rueten,
Das dir der ruck vnd ars müs plueten.
Darumb so hab rw, allers narrn!

Der Jeckle narr spricht:
Ich main, der doctor hab ains sparn
Im kopff zv weng oder zv vil,
Das er mich nit vernemen wil.
Hab ich doch ie an diesem ort
Zw dem herrlein geret kain wort,
Den was seinr nassn zv lob vnd er
Raicht, hab gefolgt des junckhern ler.
Weil sunst nichs grosers an im ist,
Den sein nasen, hab ich nit gwist,
Was er ich im erpitten sol,
Den sein nasen zv loben wol.
Fort wil ich nit mer loben den,
Wil seiner nasen müsig gen,
Vnd im das selb auch sagen zv.

Fricz, der knecht:
Mein lieber Jecklein, sey mit rw!
Sag von seinr nasen mer kain wort!

Jeckle, narr, spricht:
Hör, Fridlein, ich glaub an dem ort,
Sein nasen kumb im nit recht her,
Weil darfon nit hört geren er

---

232 *sparn:* Sparren.
234 *vernemen:* verstehen.
248 *an dem ort:* jetzt.

Reden öffenlich noch verholn.
Er hat vileicht sein nasen gstoln
Dem kremer, der hat nasen fail,
Oder hat gar zwen ganczer thail
Zw sam gnumen zv ainer nasen.

Der knecht Fricz spricht:
Jecklein, thw mit fride in lasen,
Vnd schweig gar von der nasen stil!
An seiner nassn gwinst nit vil.

Jecklein, narr, spricht:
Pocz dreck! sorgstw, sorg ich doch nit,
Deint halb schweig ich nit, ich hoff mit
Das herrlein zv aim freünt zv machen,
Das dw mein selbert noch wirst lachen.
So er wirt meiner vnschueld innen,
Wil ich sein günst vnd hueld gewinnen.
Er wirt mir noch ain paczen schencken,
Den wil ich an mein kappen hencken.
Drum vetsch dich von mir, las mich gen!

Fricz, der reitknecht, spricht:
Ich las dich dein abenteur psten,
Doch stilschweigen das nüeczest wer.
Dort kümens mit einander her.

Sie kümen paid wider.
Der doctor spricht:
O junckher, wie ein dewren schacz
Hapt ir von püchern auf dem placz!

---

258 *gwinst:* gewinnst du.
267 *vetsch dich von mir:* pack dich.
268 *psten:* bestehen.

Solch meng het ich pey euch nit gsücht.
Güet pücher lesen gibt gros frucht,
Voraus wo man darnach richt eben
Gedancken, wort, werck vnd gancz leben.
Den wirt man tugentreich darfon,
Auch lieb vnd wert pey idermon.

Der narr klopfft den doctor auf die achsel vnd spricht:
Herlein, mich gar nit mer anficht,
Dw habst ein nassen oder nicht.
Sie sey geleich gros oder klein,
Sols von mir vnpekreet sein.

Der junckherr spricht:
Fricz, nem den narn ins dewffels namen
Vnd pint im alle vire zamen
Mit ainem strick, wie ainem kalb,
Zeuch in ab, streich in allenthalb
Mit ainer geschmaysigen rueten,
Vnd hör nit auf, pis er thw plueten.

Der doctor spricht:
Mich dünckt, mein sey zv vil im haus,
Ich wil gen machen mich hinaüs,
Weil mich der narr dreymal der masen
Mich fretet hat mit meiner nasen.
Mich vertrewst hart solich vexiren.

Der jünckher spricht:
Herr doctor, last euch das nit irren,

---

282 *vnpekreet:* unbekräht.
286 *streich in:* schlag ihn.
287 *geschmaysigen:* obdt. für ›geschmeidigen‹.
292 *fretet:* geneckt.

Wie ich euch den sagt im anfang;
Wan ider fogel singt sein gsang;
So thuet mein narr reden vnd kallen
Alle ding, wie sie im einfallen,
Auch alles, was er hort vnd sicht,
Das lest er vnpegeckert nicht,
On alle schew vnd hinterhüet.
Darümb man in oft plewen thüet.
Doch pleibt er gleich der narr wie vor,
Ein gschwecziger phantast vnd thor;
Wan wer er gescheid, so thet ers nit.
Derhalb, mein herr, so ist mein pit,
Wolt mirs in uebel nit zv messen,
Vnd thuet zv mitag mit mir essen!
Es ist peraitet schon der disch
Mit wilpret, hasen, fogl vnd fisch.
Kümbt nur rein mit mir auf den sal!

Der doctor spricht:
Ja wol. Mein Fricz, ge nab in stal,
Strigel vnd satel mir das pfert,
Das nach dem mal ich gfertigt wert;
Wan es ist warlich hohe zeit,
Das ich heint noch gen Forchaim reit.

Sie gent paid ab.
Der narr haspelt hinein vnd peschleust:
Hie nem ein peyspil fraw vnd mon
Pey mir, wer auch nit schweigen kon,
Sünder peschnattert alle ding,
Obs gleich schant oder schaden pring,

---

297 *kallen:* schwadronieren.
301 *hinterhüet:* Hinterlist.
319 *Sünder:* sondern.

Es sey auch gleich war oder nicht,
Noch ers auf das spötlichs aüsricht,
Darauf hat er am maisten acht,
Wescht füer vnd füer gar vnpetacht,
Wil oft ein sach pessern vürwar
Vnd verderbt sie erst gancz vnd gar,
Vnd auch kainer person verschonet, –
Wer des faczwercks also gewonet,
Wirt feintselig pey idermon,
Nembt auch vil auf neschlein daran,
Let auch auf sich vil neid vnd has,
Das schweigen im peköm vil pas.
Das alt sprichwort guet kuntschaft git:
Mit schweigen verett man sich nit.
Het ich auch gschwigen von der nasen,
So het man mich vngschlagen glasen.
Wil mich nün schweigens nemen an,
Das ich vngschlagen kum darfon,
Auf das mir nit ain vnglüeck wachs
Aus anderm vnglüeck, spricht Hans Sachs.

Anno salutis 1559, am 13 tag Decembris.
340 vers.

---

322 *aüsricht:* zustande bringt, vollbringt.
328 *des faczwercks:* der Spötterei.
329 *feintselig:* feind, angefeindet.
330 *neschlein:* Näslein (›bekommt auch viel auf die Nase‹).

Literaturhinweise

Sachs, Hans: Werke. Hrsg. von A. von Keller und E. Goetze. 26 Bde. Stuttgart 1870–1908. Reprint Hildesheim 1964. [Zit. als: KG.]

Sachs, Hans: Sämmtliche Fastnachtsspiele. Hrsg. von E. Goetze. 7 Bde. Halle 1880–87.

Sachs, Hans: Sämtliche Fabeln und Schwänke. Hrsg. von E. Goetze und C. Drescher. 6 Bde. Halle 1893–1913.

Sachs, Hans: Die Wittenbergisch Nachtigall. Spruchgedicht, vier Reformationsdialoge und das Meisterlied Das Walt Got. Hrsg. von G. H. Seufert. Stuttgart 1974. (Universal-Bibliothek. 9737.)

Ein wünderlicher Dialogus und neue Zeitung. Die Prosadialoge des Hans Sachs. Hrsg. von I. Spriewald. Leipzig 1976.

Das handschriftliche Generalregister des Hans Sachs. Hrsg. von R. Hahn. Köln 1986.

Fastnachtspiele des 15. und 16. Jahrhunderts. Hrsg. von. D. Wuttke. Stuttgart 1973 [u. ö.]. (Universal-Bibliothek. 9415.)

Meistersang. Meisterlieder und Singschulzeugnisse. Hrsg. von B. Nagel. Stuttgart 1965. (Universal-Bibliothek. 8977/78.)

Holzberg, N.: Hans-Sachs-Bibliographie. Nürnberg 1976.

Repertorium der Sangsprüche und Meisterlieder. Hrsg. von H. Brunner und B. Wachinger. 16 Bde. Tübingen 1986–2002. [Die Bde. 9–11 sind Hans Sachs vorbehalten. Zit. als RSM.]

Genée, R. (Hrsg.): Hans Sachs und seine Zeit. Leipzig 1894. – 2. Aufl. 1902.

Eichler, F.: Das Nachleben des Hans Sachs vom XVI. bis ins XIX. Jahrhundert. Leipzig 1904.

Geiger, E.: Der Meistersang des Hans Sachs. Bern 1956.

Könneker, B.: Hans Sachs. Stuttgart 1971.

Brunner, H. [u. a.] (Hrsg.): Hans Sachs und Nürnberg. Bedingungen und Probleme reichsstädtischer Literatur. Hans Sachs zum 400. Todestag. Nürnberg 1976.

Cramer, Th. [u. a.] (Hrsg.): Hans Sachs. Studien zur frühbürgerlichen Literatur im 16. Jahrhundert. Bern [u. a.] 1978.

Krause, H.: Die Dramen des Hans Sachs. Berlin 1979.
Tauber, W.: Der Wortschatz des Hans Sachs. 2 Bde. Berlin 1983.
Müller, M. E.: Der Poet der Moralität. Untersuchungen zu Hans Sachs. Bern [u. a.] 1985.
Klein, D.: Bildung und Belehrung. Untersuchungen zum Dramenwerk des Hans Sachs. Stuttgart 1988.
Michael, W.: Hans Sachs, der Humanist. In: Daphnis 20 (1991) S. 423–431.
Trappen, S.: Das ›Gesprech von der Himelfart Margraff Albrechtz‹ des Hans Sachs. In: Zeitschrift für deutsches Altertum 121 (1992) S. 309–333.
Bernstein, E.: Hans Sachs. In Selbstzeugnissen und Bilddokumenten. Reinbek bei Hamburg 1993.
Schmidt, A.: Zur Geschichte der Hans-Sachs-Feiern in Nürnberg. In: MVGN 80 (1993) S. 203–240.
Otten, F.: ›Mit hilff gottes zw tichten …‹. Untersuchungen zur Reformationsdichtung des Hans Sachs. Göppingen 1993.
Brunner, H.: Hans Sachs: Sein Bild nach 400 Jahren. In: MVGN 81 (1994) S. 13–30.
Füssel, S. (Hrsg.): Hans Sachs im Schnittpunkt von Antike und Neuzeit. Akten des interdisziplinären Symposions in Nürnberg 1994. Nürnberg 1995. (Pirckheimer Jahrbuch. 10.)
März, Ch.: Die Destille des Hans Sachs: Boccaccios Falkennovelle im Meisterlied. In: Poetica 27 (1995) S. 254–272.
Epping-Jäger, C.: Die Inszenierung der Schrift. Der Literarisierungsprozeß und die Entstehungsgeschichte des Dramas. Stuttgart 1996.
Hamm, B.: Ein Handwerker als Theologe: Soziale und friedliche Reformation bei Hans Sachs. In: B. Hamm: Bürgertum und Glaube. Konturen der städtischen Reformation, Göttingen 1996. S. 181–231.
Kugler, H.: Meisterliederdichtung als Auslegungskunst. Zur immanenten Poetik bei Hans Sachs. In: Vom Mittelalter zur Neuzeit. Festschrift Horst Brunner. Hrsg. von D. Klein zus. mit E. Lienert und J. Rettelbach. Wiesbaden 2000. S. 541–557.
Buschinger, D.: La réception du Décaméron dans les jeux de carnaval de Hans Sachs. In: A. Lascombes (Hrsg.): Selected papers from the 4th International Conference on ›Aspects on the Medieval Drama‹. Turnhout 2001. S. 1–7.

Feuerstein, U.: Derhalb stet es so übel Icz fast allem regiment. Zeitbezug und Zeitkritik in den Meisterliedern des Hans Sachs (1513–1546). Nürnberg 2001.
Heinzmann, J.-M.: Die Buhllieder des Hans Sachs. Form, Gehalt, Funktion und sozialer Ort. Wiesbaden 2001.